U0002046

THE BOX MAN by KOBO ABE　箱男　安部公房——著　劉子倩——譯

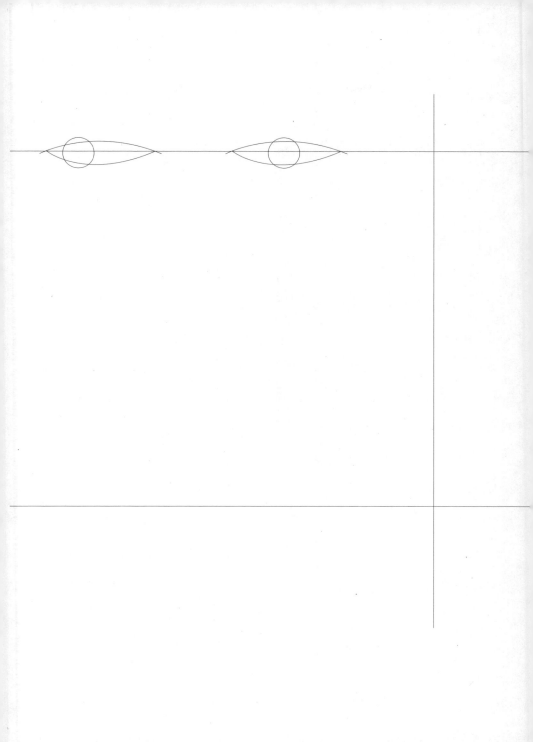

警方大舉掃蕩上野遊民——今晨逮捕一百八十人

眼看萬物冬眠的季節即將來臨，同時也為戒備一〇九號連環槍擊案殺人狂，東京上野分局特於二十三日凌晨出動，大舉掃蕩台東區上野公園、國鐵、京成上野車站地下道周邊聚集的遊民。將公園內東京文化會館後方及地下道等處總計一百八十人，依輕犯罪法（流浪罪、擅闖禁止進入區域）、道路交通管理法（違反路上禁止行為）現行犯予以逮捕。全體帶回該分局後，取得指紋及大頭照，透過台東社會福利局，將其中聲稱生病的四人送往醫院，九人送往養老院。餘者在簽署「不再流浪」誓約書後獲釋。但是一小時後，幾乎所有遊民都已回到原來的場所。

我的狀況

這是關於箱男的紀錄。

現在，我是在箱中開始寫這份紀錄。在從頭籠罩足以遮住整個上半身的紙箱中。

換言之，目前，箱男也就是我。箱男，正在箱中，替箱男做記錄。

箱子的製法

材料

空紙箱……一個
塑膠布（半透明）……五十公分見方
封箱膠帶（防水）……約八公尺
鐵絲……約二公尺
美工刀（當作工具）
（又及，作為上街的正式行頭，另需準備舊麻布袋三個，作業用橡膠長筒靴一雙）

空紙箱只要長寬各有一公尺，高一公尺三十公分左右，任何種類皆可。不過就實用性而言，最好還是用俗稱「四等分比」的標準規格。首要理由，當然是因為標準規格的紙箱容易入手。第二，使用標準規格紙箱包裝的商品，多半屬於不定形——是可以任意變形的食品雜貨類，因此箱子也做得特別堅固耐用。第三，也是最重要的理由，那就是和其他箱子難以辨別。事實上，就我所知，幾乎所有的箱男都不約而同使用這種「四等分比」。因為箱子如果有醒目的特徵，原本的匿名性就會被削弱。

最近的紙箱，即使是普通貨也有一定的強度，基本上也經過防水加工，因此除了雨季，不需特地挑選。反倒是普通貨的透氣性較佳，更為輕便好用。不過，如果不分季節只想選一個紙箱長期使用，那我推薦「蛙皮」。這種箱子表層貼有一層膠膜，正如其名，防水性超強。全新時，就像刷了油似的帶有光澤，但是據說容易產生靜電，立刻就會沾附灰塵變得灰撲撲，而且斷面比普通貨更厚，看得出凹凸起伏，因此一眼便可辨識。

製作時沒有特定程序，不過首先得決定箱子的上下——是要配合箱子上印刷的圖案，還是讓傷痕較少的那一面朝上，全看各人喜好——接著切下紙箱底部的蓋子。如果隨身物品多，就不要切斷，將它向內折，用鐵絲和膠帶固定兩端，可作為儲物空間。

其次，將紙箱本身的接縫處（包括頂部三處，及側面連接的一處）用膠帶封死。

接下來，最需要慎重的，是窺窗的加工。首先必須決定窺窗的大小和位置，不過那因人而異，所以以下的數字，純粹僅供參考。窗口的上緣，距離紙箱頂端十四公分，下緣距離頂端二十八公分，左右的寬距是四十二公分，我想這個位置應該差不多。為了讓頂在頭上的箱子保持穩定，我在頭上墊了一本雜誌——扣除那個厚度，距離頂端十四公分的那條線，大約位於眉毛。也許有人會覺得太低，不過在日常生活中少有機會抬頭仰望。反而是下方那條線的使用頻率更高，影響力也更大。在直立的姿勢下，至少必須看得見一公尺半以外的地面，否則不好走路。至於左右的寬度，沒有特殊根據。只是基於紙箱的強度和通風的考量隨意決定的。反正紙箱底部下面是空的，所以窗口盡可能越小越好。

其次，是在窺窗裝設霧面塑膠布。這也有個小小的祕訣。簡而言之就是拿膠帶貼住開口處的外側、上緣，之後就悉聽尊便，不過最好別忘記先縱向割開一刀。這個簡單的小動作，日後想必會發揮意想不到的功用。割的位置是中央。讓兩片塑膠布重疊兩三公釐。只要箱子保持垂直，即可發揮遮蔽作用，不會被任何人看見。如果稍微傾斜，縫隙分開，即可向外窺視。雖然簡單，卻是相當巧妙的設計，因此最好慎選塑膠布的材質。盡量選厚一點且光滑的材質。千萬別用那種會因為溫度變化立刻變硬的便宜貨。太單薄的塑膠布更不行。需要一定的重量和柔軟度，至少必須可以隨著箱子的傾斜角度任意調整那條縫的寬度，即使有點風也不至於影響。這個塑膠布的縫隙，對箱男來說，足以匹敵眼部表情。可別把它和窺視用的小洞相提並論。只要稍做變化，它甚至就能清楚表達意思。當然，那不可能是表達善意的眼神。就算是極為兇狠的眼神，也比不過這種從縫隙露出的挑釁方式。對於毫無防禦的箱男而言，說是為數不多的防身術之一想必也不為過。如果有人被箱男這樣回瞪還能泰然處之，那我還真想拜見一下。

如果經常去人潮擁擠之處，順便在箱子左右兩側開孔應該也是好主意。用較粗的釘子，在直徑十五公分左右的範圍內，不犧牲紙箱強度的前提下，以一定的間隔盡量戳出許多小洞。這樣既可作為輔助用的窺孔，也便於分辨聲音的方向。洞要從內側開，盡量讓毛刺對外——外觀可能有點醜——但是對於防雨似乎較有利。

最後，將剩下的鐵絲剪成五公分、十公分、十五公分三種長度，每種鐵絲的兩端反向彎曲，做成掛在箱壁的掛勾。雖然應將行李縮減至最低限度，畢竟還是會有收音機、杯子、保溫瓶、手電筒、毛巾、小容器之類不可或缺的隨身物品，整理起來還挺費事的。

關於橡膠靴，沒什麼好特地補充的。只要沒有破洞就行了。至於麻布袋，是用來纏裹在腰部，堵住身體和箱子之間的縫隙，讓箱子更平穩。將三個麻布袋重疊，割開前面，有什麼事時比較好活動。大小便或其他用途時似乎也會更方便。

A的例子

如果只是做箱子，其實很簡單。所需時間應該不到一小時。但是若要套上那玩意成為箱男，就需要相當大的勇氣。總之，當某人鑽進這個平凡無奇的紙箱走上街頭，頓時已不是紙箱也不是人，變成了怪物。箱男身上有某種討人厭的毒。當然馬戲團的熊男或蛇女的廣告看板想必多少也有毒，但那畢竟只需用門票錢就能抵消。然而，箱男的毒可沒那麼簡單。

舉個例子，就拿你來說吧，想必也尚未聽過箱男的傳聞。不見得必須是我的傳聞。因為箱男不只我一人。雖未做過統計，但全國各地都有為數頗多的箱男疑似藏身的痕跡。但至今沒聽說在哪有箱男引起話題。看來社會對於箱男，似乎打算絕口不提。

那麼，各位目睹過嗎——

要裝傻也該到此為止吧。沒錯，箱男是很不起眼。被塞進天橋底下或公廁及軌道橋下之間，無異於垃圾。但是不起眼，並不等於看不見。他們並非特別罕有的人物，因此照理說應該有很多機會看見。就連你，肯定至少也目擊過。但你不願承認的心情我也同樣非常理解。視而不見的，不只你一人。就算別無深意，似乎也會出於本能不願看見。這也難怪，如果晚上戴個大墨鏡或是蒙著臉，就算被視為心懷不軌或者大壞蛋也怪不了別人。更何況是把全身都藏起來的箱男，就算遭人懷疑恐怕也沒資格抱怨。

儘管如此，為何還有人甘冒大不韙非要志願當那種箱男呢？各位或許覺得可疑，但是說到動機，其實多半只是一些令人傻眼的雞毛蒜皮小事。乍看之下，那種動機根本不像是動機，簡直不值一提。比方說，A的例子。

某天，一個箱男緊挨著A的公寓窗下就此落腳。即便再怎麼不想看，也會自然映入眼簾。儘管再怎麼努力試圖忽視，還是會不由自主意識到。A首先感到的情緒，是彷彿被人非法侵佔領域的氣惱與困惑，是對擅自闖入的異物產生的厭惡與憤怒。儘管如此，他還是決定暫時觀望一陣子。遲早附近鄰居應該會為了垃圾之類的問題囉唆地提出建議或是代為出手解決。沒想到他等了又等，還是不見任何人採取行動的跡象。他苦思之下，也曾嘗試找公寓管理員抱怨，可惜毫不管用。因為只有從他的房間才看得見箱男，別人不用被迫看見，自然不可能為他採取行動。無論是誰，都想盡可能假裝沒看見就算了。

最後，A只好去派出所。負責接待他的警察，一臉不耐煩地叫他填寫報案單時，據說他第一次感到類似畏懼的情緒。

——所以，你應該試過直接叫他離開吧。

面對警察嘲諷的追問，他也只能忍氣吞聲保持冷靜。從派出所回來的路上，順道去找朋友借了一把空氣槍。回到住處，抽根菸平復心情後，他正視平時總是斜瞄一眼而已的窗外。這時（當然應該是湊巧），箱男也把正面的窺孔對著他這邊。二者之間的距離僅有三、四公尺。彷彿看穿A的驚慌失措，紙箱傾斜，於是窺窗垂掛的半透明塑膠布就隨著紙箱的傾斜從中央縱向分開，塑膠布後，露出一隻混濁發白的眼睛定定窺視他。他惱羞成怒。打開窗子。給空氣槍裝填子彈，瞄準對方。

可是，要打哪裡？這麼近的距離，就算眼珠子也打得中。問題是那樣做之後會很麻煩。只要給對方一點教訓，讓他再也不敢出現就行了。就在他想像對方的身體輪廓，揣測對方在箱中是什麼姿勢時，放在扳機上的指尖漸漸失去衝勁開始退縮了。那也無所謂，如果威嚇就能把對方嚇跑，當然是最好。他連一滴血也不想留下。然而，情況不容許他再等。如果被看穿只是虛張聲勢，下次再使出這招就不管用了。他按捺焦躁，拿捏臨界點。憤怒再次湧現心頭。時間過熱，終於燃盡。他扣下了扳機。槍身，緊接著是箱子，都發出濕褲子的褲腳被傘柄拍打似的聲音。

同一時間紙箱也高高彈起。就算設計時在力學方面下過功夫，紙箱畢竟是紙做的。雖然對於「面」的壓力能夠展現相當大的韌性，對「點」的壓力卻很弱。鉛彈想必輕易就已嵌進對方的肉裡。但他並未聽見預期中的慘叫，也沒聽見怒罵聲。彈起後再次靜止的紙箱中，只有動作異常緩慢的動靜。A不知所措。他瞄準的是連結窺窗右上角和左下角的那條斜線再往左下方數公分之處。他猜想應是那人的右肩窩附近。是因為自己心存顧慮，沒有瞄準嗎？但剛才的反應也太大了。腦海忽然浮現不祥的想像。箱男在紙箱中，不見得是面向正面。下半身也完全埋在麻布袋裡，看不出是什麼姿勢。說不定是對著箱子側身張開膝蓋，並非盤腿而坐。若真是那樣，弄得不好，子彈擦過肩頭，命中頸動脈也不無可能。

不快的麻痺感，在嘴巴周圍畫出橢圓形。彷彿在夢中奔跑。抱著求救的心態，等待接下來的動靜。對方不動……不，在動……的確在動。動得雖然沒有時鐘的秒針那麼快，但比分針快，紙箱確實越來越傾斜。該不會就此倒下吧？他聽見好似半乾的黏土互相摩擦的聲音。對方突然站起來了。身材意外地高。接著是敲打濕頂棚似的聲音。對方緩緩轉向，一邊低聲猛咳，伸懶腰。箱子微微左右晃動，開始邁步。許是因為有點彎腰駝背，腰的位置向後，甚至令人有點擔心。他覺得對方似乎撂下了什麼話，但他聽不清楚。箱男沿著建築走上馬路後，就此在街角轉彎消失。始終未能看清箱男究竟是什麼表情，是A最大的遺憾。

或許是心理作用，箱男離開後的地面看似比別處黑。有五個踩扁的菸蒂。一個用紙塞住的空瓶。裡面有二隻大蜘蛛爬動。其中一隻看起來也像屍體。揉成團的巧克力包裝紙。還有三塊連續的深色污漬，約有大拇指那麼大。是血跡嗎？不，八成是痰或口水吧。他微微擠出道歉似的假笑。不管怎樣，這下子總算達成目的了。

接下來的半個月，A幾乎已忘記箱男。不過，通勤時抄近路去車站經過小巷還是會有點擔心，不知不覺改走別條路，而且剛起床或從外面回來時習慣性先看窗外的這種變化也還無法徹底抹去。如果他沒有臨時起意想換個冰箱，或許遲早也會從那種習慣恢復正常吧……

然而，附帶冷凍室的新冰箱，當然也是裝在紙箱內送來。而且大小還真是恰恰好。取出冰箱，剩下空紙箱後，關於箱男的記憶頓時重現腦海。鞭打般的聲音響起。時間彷彿回到二週前，空氣槍的子彈反彈回來。A心慌意亂，急忙想收拾紙箱。可他實際上做的，只是反覆洗手，擤鼻子，拚命漱口。反彈的子彈，或許在頭蓋骨內四處飛，打亂了大腦的步調。觀望一陣子四周狀況後，他關上窗簾，戰戰兢兢試著鑽入紙箱。

箱中很暗，有防水塗料甜甜的氣味。不知怎的，好像是個令人異常懷念的場所。彷彿下一秒就能溯及卻又遙不可及的記憶。他渴望永遠保持那樣。然而不到一分鐘他就回過神，鑽出了箱子。雖然心裡多少有點疙瘩，他還是決定暫時先不收拾箱子。

翌日，他下班回來，帶著苦笑用刀在紙箱割出窺窗，接著模仿箱男從頭套上箱子。但他立刻推開箱子，已經顧不得苦笑了。究竟發生了什麼，自己也不太理解。然而心口的悸動，宣告著某種危險。他朝著房間角落，粗暴地——卻又不致弄壞——把箱子一腳踢飛。

第三天，他稍微恢復鎮定，試著從窺窗向外看。昨晚到底是被什麼嚇成那樣，他已不復記憶。的確能夠感到變化。不過，這種程度的變化，反而應該慶幸。一切情景彷彿脫落棘刺，看起來光滑渾圓。那讓他再次發現，原以為應該已經徹底熟悉變得無害的種種，包括牆上的污漬……胡亂堆疊的舊雜誌……天線前端彎曲的小電視機……電視機上面塞滿菸蒂的牛肉罐頭空罐子……這一切，都充滿意想不到的尖刺，在無意識中令自己緊張。或許他該拋開對紙箱先入為主的偏見。

翌日，A頭上罩著紙箱看電視。

接著從第五天起，只要在房間，除了吃飯、大小便和睡覺之外，他幾乎都在箱中度過。除了一抹心虛，倒也不覺得自己在做異常行為。不僅不覺得，甚至感到這樣更自然，也更輕鬆。過去他一直是不甘不願地勉強獨居，現在反倒有種因禍得福的想法。

第六天·終於來到第一個星期天。這天無人預定來訪，他也不打算外出。一早就巴著紙箱不放。心情平靜，十分安詳，卻總覺少了點什麼。過了中午，他終於理解自己在渴求什麼。他上街匆忙四處採購。夜壺、手電筒、保溫瓶、野餐用的全套餐具、膠帶、鐵絲、小鏡子、七色廣告顏料、以及無需加工便可食用的幾種食物。回來之後，他用膠帶和鐵絲補強紙箱，接著就帶上全套用具鑽進紙箱。這下子無論吃飯或排泄都不會有妨礙了。A把小鏡子掛在紙箱的內壁——是面向窺窗的左側，借著手電筒的燈光，用廣告顏料把嘴唇塗成綠色。然後，在眼睛周圍按照彩虹的紅橙藍綠七色一圈一圈畫上。他的臉孔逐漸不像人，更像鳥或魚類。也像從直升機俯瞰的遊樂園風景。那是自己在那片風景中落荒而逃的渺小背影。想必沒有比這個更適合紙箱的妝容。他覺得終於成了和容器相符的內容。頭一次在箱中稍微手淫。頭一次頂著箱子就這麼倚靠內壁睡著了。

到了翌晨——正好滿一星期——A就這樣頂著箱子，悄悄上街。從此，再也沒回來。

如果說A有什麼錯，那大概就是比起旁人稍微對箱男在意了一點。我們無法嘲笑A。哪怕只有一次，只為匿名市民存在的匿名都市——所有的門，為所有人平等敞開，不管他人如何，都沒必要格外防備，隨你是要倒立走路，還是在路旁睡覺都無人能指責，想叫住人們也不需特殊許可，如果愛唱歌，隨你怎麼唱都是你的自由，盡興之後，隨時可以在高興時混入無名的人潮——那樣的城市，只要你曾夢想過一次，就不可能置身事外，想必隨時面臨和A一樣的危險。

所以千萬不可隨便把槍口對準箱男。

起碼的安全措施

走筆至此，必須再次重複，我現在是箱男。所以，接下來我想寫點關於自己的事。

此刻，我正在跨越運河的縣道三號線的橋下躲雨，一邊繼續寫這本筆記本。我的錶不太準，時間大約是九點十五、六分。雨從一早下到現在，漆黑的夜幕低垂，籠罩大地。放眼所及，只有漁業工會的倉庫和木材放置場。沒有住家，也沒有行人。往來橋上的卡車車頭燈也照不到這裡。照亮手邊的，是頭頂吊掛的手電筒燈光。或也因此，本該是綠色的原子筆字跡，看起來幾乎是墨黑。

海邊的雨水氣息和狗呼出的氣味一模一樣。毛毛雨彷彿是用噴霧器噴灑般來自四面八方，因此這裡並非躲雨的適當地點。橋桁太高了。不，不適當的，並不只是用來躲雨。所有的一切——在這種時候待在這種場所——這個行為本身對箱男而言就很不自然。舉例而言，拿這手電筒來說吧，就很浪費。我們這種露宿街頭的人，幾乎所有日用品都是用撿來的東西湊合，或者去找些能湊合上的東西，但是電池這種消耗品又是另一回事了。生活條件不容許我們奢侈地只為寫筆記就用手電筒。最近路燈也變多了，照明度增強，光源的品質也提升許多。如果只是要找個既可躲雨又能看清報紙鉛字的地方，這樣的場所其實多得是。

話說，在這個不適合箱男的場所坐下，不知怎的，算算已經超過二小時。或許我該先解釋一下。不過，再怎麼努力解釋，我也沒把握徹底說服你。你肯定還是無法置信。哪怕你不相信，但事實就是事實，我也沒辦法。我把這個紙箱賣了。而且買家願意出價五萬日圓。現在我就是為了這筆交易，在這裡等候買主。別說你無法相信，連我自己也是半信半疑。會相信才奇怪吧。這種用過的舊紙箱居然有人願意花錢買，真不知對方在想什麼。

既然不相信，那我為何同意那樣的交易？原因很簡單。因為沒有特別的理由值得懷疑，僅此而已。就像你如果在路旁看到發亮的東西，一定會忍不住駐足。我的買主，就像啤酒瓶碎片在夕陽下發亮。明知毫無價值，還是會對玻璃內折射的光芒感到奇妙的魅力。彷彿意外窺見另一種時間。尤其是她的腿，就像站在高處遠眺的鐵軌一樣纖細修長。步伐輕盈微帶憂鬱，猶如開闊的天空沒有任何東西阻擋視線。我沒理由相信，但是同樣的，也沒理由懷疑。我似乎不知不覺被她的雙腿解除武裝。

不過現在我有點後悔。或者該說，遲早會後悔莫及的預感令我心情跌到谷底。感覺很窩囊。不管怎麼想都不像箱男的作風。我等於自己斷然放棄了箱男的特權。就算有希望，也是拿超高精度的分析儀都不可能檢測出來的微渺希望。是我的紙箱開始出現某種變化嗎？或許是。仔細想想，自從我誤入這個小鎮後，箱子的表面好像也變得很容易受損，非常脆弱。這個城鎮的確對我有惡意。

不過，之所以選定這個場所，一半固然是對方的指定，但是那樣暗示的，也是我自己。對我來說危險的東西，對對方來說應該也是危險的。橋畔似乎是為了祭祀溺死的孩童，豎立披掛紅色圍兜的石頭地藏。靠近上游那邊，通往碼頭的石階旁，似乎最近才整修過，立著禁止戲水的白漆告示牌。不過幸好窺窗的塑膠布被雨淋濕，減弱了霧面效果，視野變得清晰多了。運河旁的水泥堤防，清晰地斜切過窺窗的視野。停泊的小型貨船因逆流而微微抖動，船上蒼白的燈光，在堤防上的步道形成淡淡光暈，如果有人經過，想必會像衣服上的墨漬一樣醒目。

瞧，有一隻貓以直角橫越步道。那是有點骯髒、毛色斑駁的野貓。似乎懷孕了，挺著彷彿塞滿魚子的大肚子。耳朵上的缺口，八成是打架被咬掉的傷疤。即便此刻走筆之際，也能清晰辨別那些細節，所以也許我並未特別神經質。哪怕對方打算來個出其不意的奇襲，也沒這麼容易得逞。

當然她最好是按照約定，自己親自來這裡。不過，曖昧不明之處畢竟太多了。花五萬買這個紙箱固然令人費解，她同意在這種地點進行交易也不合常理。雖然沒理由相信，卻也沒理由懷疑。雖然沒理由懷疑，但也沒理由相信。纖細的脖頸過於淺淡透明。不管怎樣還是小心為妙。因此起碼得做點安全措施。萬一真有什麼事，我打算把這本筆記當成證物保存下來。不管怎麼死，總之我絕對沒有自殺的意圖。如果我死了，那不可能是自殺，必定是他殺。儘管再怎麼抗拒社會，躲在紙箱裡避世獨居，但箱男本就和辶

（墨水用完了，只好中斷。我從小盒子找出舊鉛筆，削鉛筆又花了二分半的時間。幸好我還沒被殺。證據就是，雖從原子筆改成用鉛筆書寫，但字體和之前完全一樣。）

對了，我剛才要寫什麼來著。最後一個字，八成是「遊」字的左半邊。大概是準備寫「箱男和遊民不同」吧。不過在世人看來，二者的區別似乎不像箱男以為的那樣涇渭分明。共通點的確不少。例如都沒有身分證件，沒有職業，沒有固定住所，姓名和年齡不詳，三餐和睡眠都沒有固定的時間和地點。還有……對，也不理髮，不刷牙，很少洗澡，生活中幾乎完全用不到現金，諸如此類……

不過乞丐和遊民這廂，似乎清楚意識到彼此的差異。我就有過好幾次受氣的經

驗。改天有機會我打算寫出來，尤其是被「徽章乞丐」視為眼中釘。只要一靠近那些人的地盤，別說是漠視我了，他們的反應簡直堪稱過度敏感。他們對我的露骨敵意和輕蔑遠超過那些住在登記在籍的住址、付得起現金過生活的一般民眾。對了，好像還沒聽說過有誰從乞丐變成箱男。我們當然也不打算加入乞丐陣營，所以算是彼此彼此吧。不過儘管如此，我也不會瞧不起他們。或許就連乞丐，其實都還屬於市民的邊緣一份子，箱男的地位比乞丐還低。

精神上的方向感麻痺，是箱男的老毛病。每次都感到地軸搖晃，類似暈船的噁心感令我飽受折磨。不過，不知何故，唯獨沒有絲毫失敗者的意識。甚至從不覺得箱子有何羞於見人。箱子於我，不僅不是好不容易抵達的死胡同，毋寧是通往另一個世界的出口。雖不知那到底通往何處，總之就是通往某處的另一個世界的出口……雖然嘴上這麼說，但我一邊從小窗窺視外面的動靜，一邊只是強忍作嘔毫無作為，其實和待在死胡同也沒什麼差別。還是別說大話了。在此我應該先聲明，總而言之，我還不打算尋死。

不過話說回來，也等太久了吧。她果然打算放我鴿子嗎？還剩下七根火柴。濕掉的香菸，抽起來滋味特別糟。

約定啊……

為了清口，我啜了一口威士忌。小瓶內還剩下不到三分之一的量。

算了，無所謂。就算被放鴿子又何足為奇。她按照約定出現才更讓人驚奇。我擔心的，是沒被放鴿子，且她本人未現身的狀況。我有強烈的預感會變成那樣。她會找別人代替她赴約。關於那個代理人是誰，我也大致猜到了。到頭來他們八成是串通好的。對方用她當誘餌，引誘我上勾，打算用這橋下當作刑場。我既然是天生的「被殺者」——說的也是，像我這種等同不存在的箱男，就算殺死再多個，也不等於殺人——「殺手」的角色，當然就自動落到對方頭上。不過，事情不見得都按照那套論調來。我好歹也有迎戰的準備。瞧，濕漉漉的地面坡度很陡，而且容易滑倒。不過，若要比力氣大小，對方似乎略勝一籌。我雖有迎戰之意，但在內心深處，說不定很想死。

總之這是為被殺者打造的最佳地點和時間。潮水的速度也很完美。漲潮時海水上升，漏斗形的運河口，架設著看起來就很傳統的老式厚重橋樑，宛如最後一道驅魔繩。由於中央拱起以便讓船經過，即便在橋畔，橋桁也高得惹眼。不過箱男就像蝸牛背著防水加工的屋子四處走，所以若只是橋桁的高度或橫掃而來的大雨，當然沒必要如此在意。和真正的屋子相較，說到紙箱的弱點，頂多只是沒地板吧。唯一要避免的，就是潮濕的風從下方吹上來。不過那也要看你怎麼想，正因為沒地板，現在不就不用擔心進水了，可以緊挨著水邊坐。就算滿潮加上大雨的影響令水位突然暴增，只要沒超過橡膠靴的高度，換個地方站就行了。如果不是親身體驗過的人，很難理解這種輕鬆。況且接下來潮水只會越退越低。毋庸擔心水位繼續上升。沿著堤防腳下，被廢棄油污泡爛的水草形成一條黑帶，就像用尺量過，將風景上下一分為二。

黑色的漩渦，不知從哪開始擴散，水面漣漪逐漸消失。水中彷彿融入未加工的麥芽糖，緊挨橋腳的下游，大大小小的黏稠漩渦逐漸成形。雖然水窪很淺，但是裝魚的木箱、竹籃的碎片、塑膠容器等雜物畏畏縮縮靠近後，突然哆嗦著開始旋轉，轉了幾圈後速度看似變慢，隨即遭到吞沒。

對了，一旦到了緊要關頭，就讓這本筆記本也加入那些木箱和竹籠吧。堤防上出現人影時，如果不是她，我就立刻把本子裝進塑膠袋，將袋子吹氣鼓起後綁緊袋口，將打結的地方對折，再用細鐵絲層層纏繞。這段過程約需二十二、三秒。接著在鐵絲上綁上紅色膠帶，邊端多留一截當記號。膠帶用和紙搓成的繩子綁上拳頭大的石頭。這個過程不超過五秒。全部作業加起來約需三十秒左右。就算再怎麼費事也不會超過一分鐘。況且對方走下碼頭的石階，越過濕滑的石砌斜坡走到這裡，即使再快也得花上兩三分鐘。我這邊絕不可能來不及反應。屆時對方只要稍有怪異舉動，我就立刻把袋子扔進河裡。上面綁了石頭，應該可以飛得很遠。哪怕對方再怎麼伸長雙手，也已望塵莫及。袋子會朝著漩渦滑行過去。如果對方善於游泳，也許會跳進水裡企圖追上？不，若是游泳健將更不可能做出那種莽撞舉動。開始退潮後的一小時內，連小船都禁止通行。就算沒看到堤防豎立的告示牌，應該也很清楚漩渦的危險。裝筆記本的袋子，在那一帶稍微打轉後，最後想必會甩開漩渦的誘惑，反彈似的朝著外海流去。之後，經過幾小時或幾天，紙繩泡爛，石頭脫落。脹滿空氣的袋子，綁著引人注目的紅膠帶，將會輕盈地順著岸邊潮水四處漂流。

然而，此刻這一瞬間，萬一對方出現了……單憑到此為止的內容，能夠指證兇手就是那個人嗎？想必不可能。縱使我在這一頁明確寫下那個人的姓名，也沒有人會相信。即使我笨拙地說明動機，也只會越發削弱筆記本的可信度。一切看起來只會更像捏造的。不過這方面，其實我也做好萬全準備了。封面背後的右上角，用透明膠帶貼著黑白底片。或許看不清楚，但那應該會成為不可動搖的鐵證。那是把空氣槍夾在腋下，槍口對著下方藏在身體的陰影中，小跑步逃走的中年男人背影。如果把照片放大，應該還能看出更多細部特徵。此人的穿著雖然品味欠佳，用的卻是有光澤的上等布料。儘管如此，長褲卻皺巴巴。手指粗大結實，但是指尖圓潤應該沒做過什麼粗活。還有，最惹眼的，是他形狀怪異的鞋子。鞋背很淺，兩側挖深，沒有後跟且鞋幫低矮。這表示他工作時穿脫鞋子的次數顯然比普通人多。

這本筆記，只要撿到的人有心，應該可以藉此發一筆財。

瞧，水面漩渦像隆起的肌肉那樣開始鼓起。行人並未絕跡，但是完全不用在意他人的眼光。就在橋上，滿載冷凍魚或原木的大卡車，軋過厚實的水泥板，任由袋子發出共鳴，每隔幾秒就有車子來往穿梭，但他們只對自己的叫聲狂熱，因此等同盲眼野獸。只要你想，這裡不僅可以處理屍體，用來處理活人也是理想場所。而且，理想的殺人地點，想必也是理想的被殺地點。

鉛筆芯變得很短。真是夠了。她到底是打算來還是不來？

（用這種生鏽單薄的刀片，連鉛筆都削不好。明天，如果我還能活著，一定要記得弄來兩三支原子筆。在中學的便門附近撿來的原子筆，墨水好像剩最多。）

關於貼在封面背後的證據照片的兩三點補充

拍攝時間……大約一週或十天前的某個傍晚（對時間的感覺麻木也是箱男的通病之一）。

拍攝地點……醬油工廠長長的黑色木板圍牆靠近山的最邊端（斜切過照片前方的就是那個圍牆的影子）。

那時，我正好站著小便。突然響起尖銳的聲音。很像卡車彈起的小石子打到紙箱（我經常睡在路旁所以很有經驗）。問題是別說是卡車了，連一輛三輪車都沒有經過。同時，左肩突然感到蛀牙咬冰塊時的那種劇痛，我停止小便。從側面的小洞窺視，只見工廠圍牆的盡頭是山坡，不再是柏油路，變成碎石子路，沿著養雞場的芋頭田一拐彎，就有老桑樹的枝葉婆娑（照片左端可以看見一部分）。一個男人從那樹蔭下扭身（換言之是準備逃走的姿勢）正要站起。從肩頭到腰側拿著一公尺左右的棍子，這時那根棍子在夕陽下閃耀鐵黑色。我當下判斷那是空氣槍。我來不及拉好褲子就立刻抓起相機（老實說，在成為箱男之前，我是個好不容易才剛剛自立門戶的攝影師。由於工作到一半便糊裡糊塗成為箱男，因此我到現在還是隨身攜帶最基本的攝影器材）。我轉動紙箱的方向，連按三次快門（來不及調整距離，但我原本就設定光圈為 F11，快門速度為 1/250 秒，所以焦距、景深大致沒問題）。男人飛快橫越馬路，從我的視野消失了。

到此為止，都是透過分析底片也能做到相當程度驗證的事實。不過，接下來，沒有任何足以佐證的東西。只能相信我的證詞，期待你，或者撿到筆記本的人，自行去驗證。

對於狙擊者身分的最初推測……請參照A的例子。某人被箱男的存在感染，自己也想成為箱男時，採用空氣槍狙擊這種過度攻擊的形式出現，似乎反倒是一般傾向。所以，我沒有大聲呼救，也沒有去追那個人。反而覺得又增加了一個箱男志願者，甚至萌生親切感。頓時，肩膀的疼痛減輕，轉為灼熱感。今後必須承受數倍痛楚的，反倒是狙擊者。所以我完全沒必要繼續追擊。

我望著空氣槍男消失後的無人坡道，心情像壞掉的自來水龍頭一樣潮濕。醬油工廠飄來焦糖似的氣味，對著夕陽落下的尖銳影子的斷面，努力用銼刀磋磨尖角。遠處響起拖柴火的單調聲響。更遠處，是摩托車引擎呼嘯而過的快活噪音。可是，即使過了兩三秒，還是不見人影出現。此地居民難道像昆蟲的幼蟲一樣全部遷居地下了？過於安詳的風景，無端誘人思念起人的體溫。不過箱男的眼睛可不好騙。只要從箱中窺視，風景背後隱藏的謊言和陰謀便可一覽無遺。對方似乎想偽裝成無庸置疑的直行道，令我動搖，催我投降，可惜我絕不會上那種當。我只不過是想慢條斯理地大小便罷了。箱男還是比較適合車站周遭或擁擠的商店街那類地方。只有三、四條路，卻看似迷宮風景的那種直爽我也很喜歡。首先就讓人心情舒坦。所以我才討厭鄉下城鎮。總之偽裝的直行道太多了。想到空氣槍男在那樣一條路上迷失的狼狽，我似乎不禁有點感傷。

按住傷口的手指之間黏糊糊的沾滿血跡。我忽感不安。如果是東京的繁華街也就算了，在這T市的鬧區，沒有容納二個箱男的餘地。如果他鐵了心非要當箱男，屆時恐怕免不了一場地盤之爭。他知道用空氣槍趕不走我，下次說不定會拿獵槍來。是我的應對方式錯了嗎？老實說，過去也有貌似他的男人接近過幾次。有一次，甚至還公然出聲叫住我。每次我都按照老習慣，只是從傾斜的塑膠布縫隙默默回視對方。那招似乎誰都受不了。就連警察和鐵路公安人員都會嚇得退縮。或許在把他逼得動用空氣槍之前，我應該先和他說些什麼才對？

可是新人物的登場，推翻了推測……這個新出場的人物，是騎腳踏車來的。就在我的注意力不禁被偽直行道吸引時，背後突然有人出聲：「坡上就有醫院喔。」說畢，只見雪白的指尖掠過紙箱的窺窗，扔進來三張千圓鈔票。我覺得自己被當成了郵筒，等我轉過頭時，那人已是遠在十公尺外的背影。雖然嗓音低沉淡漠，好像是個還很年輕的姑娘。我來不及把相機對準對方，那人已消失在下一條橫巷。雖只是短短數秒，但那人踩腳踏車的雙腿動作強烈吸引了我。輕盈的雙腿雖然纖細，卻不會過細，擁有適度的豐腴。膝蓋內側就像貝殼內部一樣嬌嫩光潔。因為那個印象太鮮明，我甚至不記得她穿的衣服顏色。不過我當然沒有因此就輕易解除武裝。如果那晚我的肩膀傷勢沒有惡化，大概不會專程去坡上的醫院，到頭來大概也不會發現空氣槍男（正如照片所示）其實就是那家醫院的醫生，腳踏車姑娘其實是護士小姐。況且，想當然耳，也不會捲入在這麼危險的橋下等待她（或者她的代理人）這種荒謬的事態了。

可我只是叼著菸。我把三張千圓鈔票數了一遍又一遍，最後折成三折塞進橡膠靴內。被囚禁的野鳥，據說會拒絕進食活活餓死。可是死刑犯會津津有味地抽完最後一根菸。我不是鳥，用不著勉強把那二人綁到一起去考慮，於是我悠哉地叼起香菸點燃。空氣槍男歸空氣槍男，姑娘歸姑娘，完全無所謂。至於對方之所以急著離去，也只需視為她純粹是做了善事不好意思的一種內斂表現即可……

可是，就算一根接一根不停抽菸，劊子手也不會好心地等我。行刑的時刻確實逼近。黎明時，開始化膿的肩膀劇痛，就像過於狹窄的橡膠隧道勒緊我。我脫下箱子，一股腦穿過街道衝進坡上的醫院。拿針筒的腳踏車姑娘，以及拿手術刀的空氣槍男，正在等候我。不知怎的，我沒怎麼驚訝，倒像是打從一開始就已預期。

後來我在床上醒來，腳踏車姑娘透過散發維他命和消毒水氣味的朦朧空氣，湊近看著我。護士小姐穿的白色制服，似乎具有停止時間的作用。時間如果停止，事物的因果關係自然也會被切斷，縱使想做什麼淫蕩行為，也絕對不可能受到譴責。可惜我並無餘力實際做出淫蕩行為，倒是有種解放感，足以令我忘記此刻已脫下箱子露出真面目。對於我隨口瞎掰的身世遭遇，她頻頻微笑點頭，那種微笑彷彿是將凝固的空氣雕刻後以光影的刷子塗上色彩，清淡且毫無防備，甚至令我錯覺對方是在對我示愛。那樣的笑容足以令我忘記她白色制服的下擺太長，完全看不見她的腿。我像頭一次飛起的小鳥那樣（笨拙地腳步踉蹌，卻很專注投入）拍翅。翅膀終於抓住大氣，終於起飛了——我沉醉在她如風的微笑中，一邊暗忖好像已經沒必要再回到箱中。而且，不知幾時，我說基於與箱男好歹見過（那當然）的交情，可以用五萬圓（我本來甚至極力勸說她可以免費贈送）代為買下箱子，定下這個我自己也很納悶的約定。如今回想起來，當時好歹應該問一下她買下紙箱打算做什麼用途。可是面對她的微笑，我根本問不出口。就連拿紙箱的用途當話題似乎都顯得很愚蠢。

一走出醫院，她的微笑也驟然消失。回到藏箱子的橋下，空虛的胃袋開始誇張地造反，我吐了很久。看樣子不知幾時也被注射了麻醉藥。我終於發現自己似乎上當了，可是不知怎的還是無法徹底記恨她。

（這裡有十幾行的欄外附記。字體固然不用說，就連墨水的顏色，幾乎也與正文毫無差別。）

——我說的是套著紙箱的乞丐喔……

——我知道，因為我是攝影師。攝影師就是偷窺者。不管在任何地方，專門鑽洞窺視。本質就很下流。

——是用過的舊紙箱喔……

——我猜想，那說不定是我的朋友。應該不是吧。不過，也不能斷言絕對不是。說不定是攝影同好，某次不經意間……自己也沒察覺地按下快門……結果就拍到了箱男。之後產生興趣，開始四處追逐箱男，可惜再也沒遇到。不過，四處拍街景大概變得很有意思吧。而且，那是討厭被人看見的地下世界……拍攝的是討厭被人看見的地方，當然必須偷拍以免被發現。於是，他忽然靈機一動。不如躲進箱子，假裝成箱男四處拍攝吧。就連自己，看見箱男都會忽視，這招想必會成功。實際上似乎也的確成功了。那傢伙成了假箱男，開始努力投入街頭快照。但是就在他在業界也逐漸闖出名聲時，他忽然消失了。從此再也沒回到公寓。據說，他就那樣成了真正的箱男……

——如果是我，被人怎麼注視都無所謂……

——可是，那種眼神就像拿刀子削肉。連身上穿的衣服，好像都會被剝光……

——我以前做過模特兒喔。

——說真的，如果有我做得到的，我什麼都願意為妳做。可惜，我什麼也做不到。說來窩囊，我能做的，頂多是透過相機的觀景窗看著妳，按下快門。然後，把妳透明的影子，在顯影液中漂洗。那是很像夜光石的黃綠色燈光……暗房的時鐘秒針指向八點的位置……有防水作用像油膜一樣發光的相紙表面……逐漸浮現淡淡的影子……影子吐出影子……影子重疊影子……最後，妳的赤裸輪廓，宛如闖入我心中的犯人足跡……

——我想買那個箱子。

曝屍路旁　十萬人的漠視

二十三日晚間七點左右，就在下班及購物人潮穿梭的東京新宿車站西口地下走道，巡邏中的新宿分局員警發現一名年約四十歲的遊民倚靠柱子死亡。

根據該分局調查，男人身高一米六三，身材中等。身穿花色長袖襯衫，作業用長筒靴，頭髮蓬亂，看似遊民。身上除了一百二十五圓零錢，只有幾張疑似用來睡覺的報紙。並未找到足以確認姓名住址等身分資料的證件。

該處地下通道，一日上下車乘客多達數十萬人（依據新宿車站調查），附近也有成排公用電話，行人熙來攘往。據目擊者表示，此人當天從中午就以同樣的姿勢一直坐著，然而始終無人在意，在警察發現之前，那六、七個小時之間也無人報警。此外，雖然距離派出所不到十公尺，但該分局員警表示，由於被柱子擋住，並不容易發現。

後來我屢次打瞌睡

說到這裡，你聽過貝殼草的故事嗎？此刻我坐的這塊石砌斜坡，所有的縫隙都被外型很像仙女棒長滿尖刺的葉子掩埋，似乎就是那種草。

據說只要聞到貝殼草的氣味，就會夢見變成魚。

聽來相當可疑，但並非絕不可能。貝殼草喜歡有鹽分的濕地，自然較易在海邊生長，就算出現那種說法也不足為奇。況且，也有人說，它的花粉含有生物鹼，會造成類似暈眩的漂浮感，同時也會刺激呼吸器官黏膜，因此可能產生類似溺水的錯覺。

不過，若只是那樣，倒也不值一提。貝殼草的夢之所以麻煩，做夢本身還在其次，主要的問題似乎在夢醒後。真正的魚有何感覺，自然無從得知，但夢中魚經歷的時間，似乎和清醒時的時間截然不同。速度明顯變慢，地上的數秒，據說在感覺上會被拉長到數天甚至數週。

儘管如此，起初基於新鮮感，想必也會和岩石背後糾結的海草嬉戲，穿過波浪鏡面勾勒出的條條光影，追逐看似好欺負的成群小魚，盡情享受擺脫地心引力的輕盈感。自己變得輕盈後，彷彿連整個世界都變得輕盈。也得以徹底擺脫胃下垂、肩頸痠痛、膝關節疼痛、腳背浮腫……這些地心引力造成的肉體痛苦，彷彿至少年輕了十歲，可以四處嬉戲玩耍。輕盈感如醇酒，令這夢中魚沉醉。

然而，若是真正的魚也就算了，偏偏醉意遲早會醒，也會厭倦。在時光荏苒流逝之中，無聊想必也變得難以忍受。假魚無聊到極點時的煩躁，應該不難想像。就像是五感都已麻痺，無力抵抗。難得得到的自由與輕盈感，也逐漸變得惱人。彷彿全身被層層纏繞，塞進魚形束身衣中。腳底伸出觸手，渴求長年踩踏的地面那種抵抗感。全身所有的關節，開始懷念各自分擔的肌肉和組織的重量。迫不及待想走路。然後，驀然察覺就算想走路也沒有腳，不禁愕然。

說到這裡，缺少的，還不只是腳。瞧，也沒有耳朵，沒脖子，沒肩膀……最重要的是，沒有手臂。這種難以形容的欠缺感。的確是因為被拽掉手臂。不管是怎樣的好奇心，到最後，如果不用手碰觸確認還是不可能真正滿足。如果想徹底了解對方，就得去推，去捏，去掰，去扯，用手指確認，否則難以稱為完全。會想要盡情碰觸或撫摸。那是不可忍耐的魚鱗皮囊。也曾全身用力試圖撕裂，但頂多是魚鰓全開，背鰭直立，拉出幾公分長的胡椒色魚糞罷了。

假魚扭身拚命使勁甚至連指尖都充血，最後忽然歸結到自己或許是假魚這個致命的疑問。一旦開始懷疑，的確發現很多怪事。不只是手腳，魚天生就不可能有聲帶，居然會這樣使用語言煩惱。那是渾身發癢似的雙重感覺。

或許，這一切，都是夢中發生的事？

就算是這樣，這個夢也太長了。甚至已經想不起是幾時開始的，彷彿從以前持續至今，是很長的夢。這樣子，還能在某一刻清醒嗎？

要在夢中自我證明這是個夢的方法……雖然很初步，但是已經試驗過好幾次，最明確有效的，就是用力掐手背……不過，很不巧，現在沒有可以掐皮肉的指甲，也沒有可以掐的手背。如果這招不行，不如乾脆從斷崖跳下去吧。這招記得也成功過幾次。的確，如果能那樣做，就算沒有手腳應該也不會不方便。可是，海魚究竟能有怎樣的墜落？

還真沒聽說過魚的墜落。就連死魚，都會浮上海面。在空中，比起氣球墜落顯然更困難。雖然的確都是墜落，但這是反墜落。

反墜落……

原來如此，還有這種方法來著？反過來朝天墜落，在空氣中溺斃就可以了。這同樣是賭上死亡的危險。和地上的墜落一樣，如果是做夢不可能不會驚醒。

就這樣，假魚雖然一度苦思到如此地步，卻又抱著冷血動物不該有的膽怯，依舊踟躕不前。在夢中能夠自覺這是夢時，據說就表示已來到夢的出口。好不容易忍耐到這裡了，就算再觀望一下應該也不至於有太大影響。

假魚決定等待。就連意志，似乎都染上海水的青色變得蒼白。

之後又過了幾天、幾星期。假魚終於到了被迫做決定的時刻。因為暴風雨來了。大型熱帶性低氣壓來襲，從底層撼動大海。高高掀起的浪頭，令優柔寡斷的膽小假魚總算鼓起了一丁點勇氣。犯不著主動急於尋死。只不過是順水推舟，稍微委身於一個漩渦罷了。

突然有五十台電鋸一字排開那麼壯觀的浪頭襲來。一口氣捲走假魚後，拍岸化成碎浪，假魚順勢被高高拋向空中。假魚在空氣中溺斃，就此死亡。

說到這裡，夢醒了嗎？不，貝殼草的夢沒那麼簡單。這正是它和普通的夢截然不同之處。假魚在夢醒前就死了，所以不可能再醒。就連死後，也必須繼續做夢。到頭來，死掉的假魚，就像受到最新式的冷凍處理，似乎永遠都只能是假魚。

所以，暴風雨過後，被打上岸的魚群之中，據說想必也有不少被貝殼草的花嗆得昏睡的倒霉鬼混在其中。

不過，不知何故，我還沒有變成魚。好像屢次打瞌睡，卻依然是箱男。仔細想想，假魚和箱男，似乎也沒有太明顯的差異。頂著箱子，甚至不再是我自己，是虛假的我。對於贗品已免疫的我，或許甚至沒資格再做魚的夢。箱男即使反覆從夢中醒來，到頭來好像也只能是箱男。

對方履行約定，
將一封信連同買箱子的五萬圓，一起從橋上拋落。
就是五分鐘前的事。我把那封信貼在這裡

我信賴你。不需要開收據。

箱子也由你處理。請在退潮之前，把箱子撕破，

拋入海中。

……

事情這下子奇怪了。我把她的信反覆看了好幾遍。難道還能有別的解讀方式？除了按照字面解釋，此刻的我別無他法。我聞了一下那張折成三折的綠色畫線信紙。只有一點消毒水的味道。

我原本斷定，來的人會是醫生。我精心構思的各種戰略，也都是以醫生的襲擊為前提。沒想到，來的竟是她本人。是的，她親自來了。她親自來了。她親自……簡直莫名其妙……不，其實我懂……簡而言之，她如期履行了約定，如此而已。有什麼好緊張的？簡直像是在期待她出賣我似的。或許吧。她的出賣，更適合我。一旦她遵守約定，我反而不知所措。不過，慢著，也許我疏忽了什麼重要關鍵。比方說她的立場……還有，關於她扮演的角色也是……或許我該重新就根本來考量……

……就連繼續書寫，好像都已毫無意義。我沒殺人也沒被殺，所以沒有任何事需要鄭重解釋。

這封信沒寫收信人姓名，不知何去何從……我該撕破扔掉嗎？

不，冷靜點。瞧，這裡有五萬圓。既然我已經把錢收下了，光是處理筆記本恐怕不夠吧。她要求的，是處理「箱子」。這五萬圓，令箱子的所有權已經轉移到她那邊。如果打算尊重她的意思，那我就必須按照約定處理箱子。儘管如此我還是很納悶。這麼做，究竟對誰有好處？只為了把箱子扔進海裡，就付出五萬……再怎麼說也太大手筆了……難道我真有那麼礙眼？我不能這麼自戀，理所當然應該是有某種更實際的動機。那是某種更現實的明確理由，足以讓她付出五萬圓也不覺得吃虧……

我還是不懂。簡直如墜五里霧中。我該鼓起勇氣把這五萬圓退回去嗎？如果以為我連這個都做不到，那她可就看錯人了。

不過，比方說，這樣的解釋能否成立呢？假設她並不打算把箱子交給醫生。而醫生基於某種理由很想要箱子。起初，她或許也贊同醫生的計畫。或者，她假裝贊同。可是眼看實行的時刻逐漸逼近，她開始產生懷疑。不管怎麼想，都不可能有好結果。但儘管她一再提出意見，醫生還是充耳不聞，於是她只能從中作梗。幸好箱男本人似乎對她有極大的好感。不如先發制人，讓箱男自己來處理箱子吧？只要箱子沒了，不管醫生有什麼企圖，都可以事先阻止。

對……這樣想好像挺合理的……不管醫生的目的是什麼，應該都有五萬圓的價值。妨礙計畫的動機，到底是為了她個人的利益，還是為了保護醫生，事情會大不相同，但至少應該可以確定，她和醫生之間出現意見的分歧。這樣的話，或許堪稱是個不錯的徵兆……

不過儘管如此，我也不想就此乾脆地扔掉箱子。目前資訊還不夠多，不足以讓我徹底放下戒心。至少應該重新確認她的真正用意之後再說吧。我應該有那種最起碼的權利。況且，老實說，我很不滿。她親自來赴約，這個行為本身沒問題，但她的態度太公事公辦了。她甚至不肯走下堤防。她又騎著那輛輕合金製的五段變速腳踏車（在貨船的燈光下，她的雨衣發亮彷彿鍍了金……透過雨衣，清晰可見她的身體曲線……還有她膝蓋和大腿的動作，解除了我的武裝……）她匆匆經過「禁止戲水」的告示牌後，無視我慌忙用手電筒發送的信號，就此騎上縣道。過了一會，一道光圈抖動著滑入二公尺外的地面。是她越過橋欄杆照亮的手電筒燈光。不過，對於無法仰視的箱男而言那是最難看到的死角。緊接著是聲響……抖動的光圈外圍，有東西掉落。是裝了石頭的塑膠袋。袋中放著那封信，以及那疊五萬圓鈔票。她就此離去。明明已經來到眼前，她卻一句話也沒說就走了。小腿的動作消失在黑暗中，濕漉漉的雨衣光澤也消失了，最後是紅色的腳踏車尾燈消失。我展信閱讀，數著鈔票之際，突然響起本該聽不見的綿綿霧雨聲。或許那是流過我腦中的血管聲。

五萬圓啊……真想告訴她……對於出錢的人而言，或許算是大手筆破財，對箱男而言卻是微不足道的金額。基本上她對箱男就過於無知。把紙箱對箱男的意義想得太簡單了。這絕非我死要面子嘴硬。如果只是嘴硬，怎麼可能連續三年都過著紙箱生活。就連甲殼類的寄居蟹，一旦開始貝殼生活，身體後半截也會配合外殼軟化，如果硬生生拽出來據說就會支離破碎地死亡。箱男並非只是為了回到原來的世界才脫下紙箱。脫下紙箱，就像昆蟲的變態，是可以蛻變到另一個世界的時候。我本來還暗自期待，藉著與她邂逅，或許能夠抓住那個機會……

不過，就連我也不知道，

從箱男這個人類的蛹，

會爬出什麼樣的生物。

從鏡中

雨變小了，卻開始起風。每次狂風掃過，雨腳的水花就會像水母的傘蓋掀起。視野也是一片模糊。不過，或許是因為建築物的位置，唯獨我要去的那家坡上醫院的紅色門燈，隨時隨地都看得見。被暗綠色籠罩，彷彿眼中的污點。這條路我已經走過好幾次了，但這是第一次套著箱子走。因此感覺異常遙遠。平時待在箱中，對於距離遠近本來不以為意。

無論是誰，接觸到風景時，往往只擷取自己需要的部分觀看。比方說，就算對公車站牌印象深刻，也想不起來旁邊多達數倍的柳樹。掉在路上的百圓銅板，不想看都會自動映入眼簾，可是生鏽的掛鉤或路肩的雜草，等於不存在。也因此，如果走一般道路通常不至於迷路。可是從紙箱的小窗窺視時，情況頓時截然不同。風景的所有細節變得均等，產生同樣的意義。包括菸蒂……狗的眼屎……窗簾晃動的二樓窗子……被壓扁的汽油罐的折痕……卡進胖嘟嘟手指的戒指……綿延直到遠方的鐵軌……潮濕硬化的袋裝水泥……指甲的污垢……蓋不緊的路面水溝蓋……不過，我很喜歡那樣的風景。或許是因為遠近不明，輪廓模糊，和我的立場也有點相似。那是垃圾場的溫情。只要從紙箱窺看，任何風景都百看不厭。

然而，唯有通往醫院的那條夜晚的坡道，紙箱毫無效果。紅色的門燈始終遙不可及。閉上雙眼時眼內深處有血色污點。這是碎石子路，所以至少腳下不比別處黑。風景的一切細節都被省略，只為了烘托出人。之後，只有微白的天空（說到這裡，西邊的天空已逐漸雲破天開）。許是因為夜太黑（所以我討厭夜晚）。而且，想必也是因為目的太明確吧。

但我還是搖晃著紙箱，努力繼續走。可箱子的構造不是用來趕路的。箱內通風不良，因此我立刻冒汗了。潮濕的污垢，弄得我連耳朵裡面都發癢。由於上半身前傾，箱子也跟著傾斜，撞到腰部發出聲音，是紙製品特有的那種脆弱聲響。

忽聞獸類粗重的呼吸。原來是一隻大型雜種狗，牠粗魯地用肩膀磨蹭我的膝蓋，隨即喉頭呼嚕響著跑遠了。牠濕漉漉的背部看似被染紅。抬頭一看，原來是紅色門燈。霧氣散開，出現緊閉的鐵門。夜間專用的門鈴塗了夜光漆。但我並不打算按門鈴讓對方替我開門。我不想和醫生打照面。我跨越樹籬闖入院子。狗先繞過來等我，但是並未吠叫。我事先就餵狗吃東西和牠混熟了。有一扇窗口朦朧透出燈光。肆意生長的雜草，纏住我的腳。這塊地方以前似乎是花壇。我被用來區隔的石頭絆倒，狗以為我在玩鬧，向我撲來。我駐足稍微喘口氣，頓時汗如泉湧，刺痛眼睛。

她的房間，是繞到建築物背面後從左邊數來的第二個窗子。距離之前碰面還不到一小時，她應該尚未就寢。即使已就寢，想必也還沒睡熟。起碼應該不用擔心她睡昏頭大呼小叫。我要把五萬圓還給她，請她取消約定，如果可以的話，哪怕隔著窗子也行，我只想好好和她談一談。視她的態度而定，也許可以用截然不同的方法幫她一把。

那個先不提，面向院子的窗戶燈光，又是什麼呢？那裡是候診室，接著是診療室，更後面是……應該是用來放什麼檢查用具的房間吧……已經超過深夜十二點了，我想八成是他們忘了關燈，但我還是有點耿耿於懷。為了保險起見，我決定走近觀察一下。

下半部鑲嵌磨砂玻璃的窗子高及腰部，所以我只能看見天花板。似乎是檯燈的光源從下往上照，呈放射線向斜後方散開光暈。如果要更進一步確認，需要有東西墊腳。但我不可能開燈去找。幸好我想起收納盒的底層有汽車後照鏡。當初就是覺得遲早會派上用場，所以一直留著沒有丟。擦去污垢後，我斜著舉高，從下方窺視。要從狹小的紙箱窗子伸出一隻手，從那縫隙仰望，是相當費事的作業。不過總算沒有白費工夫。出乎預料（我原先以為影像看起來肯定會上下顛倒），幾乎接近正像的角度就能一覽無遺。

起初看見的，是放在大書桌角落的檯燈。然後，是白花花的大片空間。隨著鏡子穩定下來，那片白色，分離成牆壁和房門。層層粉刷的油漆也掩飾不了表面的刮痕，牆壁和房門都有不少年頭了。窗邊那張看起來就像醫院用的及腰病床，也是白色的。書架有點暗沉老舊，已經快被舊雜誌和書籍塞爆，同樣也刷著白漆。這是個大而無當、單調乏味的房間，不過書桌旁也有音響設備，看樣子應該是醫生的書房兼起居室。

不，房間如何一點也不重要。這些只不過是事後整理記憶才發現的事實。室內有二人。我的注意力始終放在那二人身上。其他的事，只不過是把拼貼工藝的碎片像昆蟲一樣用複眼的角度摹寫下來罷了。

其中一人，就是她。她本就住在同一棟建築內，即使她此刻在場，這本身也不是什麼問題。重點是她光著身子。她混身赤條條，站在房間中央附近面朝我這邊，正在對某人說話。

她的說話對象，是箱男。他頂著和我一模一樣的紙箱，坐在床邊。從我的位置，只能看見他的背部和右側面，不過大小自然不消說，從骯髒的程度到快要褪色消失的商品名稱印刷痕跡，都和我的紙箱分毫不差。這是有計劃的模仿，無疑是模仿我的冒牌貨。至於箱中人……當然應該是醫生吧。

（我驀然想起。在某處，也見過如出一轍的情景。）

歷歷分明，甚至幾乎可以想起觸感，和赤裸的她獨處的房間……可是，那是何時，在何處……不，我不能上當，這不是記憶，是我渴望的幻想。就連我現在這樣造訪此地，都難以相信只是為了歸還五萬圓。想必在我的內心深處，早就暗自期盼這種場景成真。是的，窺視赤裸的她……我要繼續窺視她的裸體，直到她再脫一層，露出超越裸體的裸體……

（欄外的紅筆註記——為何我對窺視如此固執？是因為太膽小？抑或，是因為好奇心太強？仔細想想，漸漸覺得自己好像就是為了能夠不停窺視才成為箱男。我想窺視所有場所，然而，我不可能在世間所有地方鑽孔，或也因此，我想到的攜帶用窺孔就是紙箱。既有點想逃避，又有點想探究。不知究竟是何者。）

想窺視她的慾望，的確快要超過箱子的容積。陣陣刺痛的牙齦腫脹，好像塞滿了整個嘴巴。不過，不能只怪我一個人。從她自己的口中，多少也流露出那個意思。

除了醫生付給箱子的五萬圓，也暗示著她給我這個攝影師的特別津貼。

上次替我包紮肩傷後，她斷斷續續敘述的身世總結起來大致如下。她以實習護士的身分找到目前這份工作之前，本來是貧窮的習畫學生（至於有無才華，在此就按下不表），給私人經營的繪畫教室、業餘畫家俱樂部或類似的對象當模特兒維持生計（話中有種類似悔恨的苦澀滋味）。二年前，她來這家醫院墮胎（她在我心中開始成為生理上的存在）。術後恢復不理想，醫生讓她「免費」住院三個月，在這段過程中，原先任職的護士辭職，於是她就「順其自然」留下來了（由此可窺知其難以捉摸、令人焦躁的個性一端）。工作很忙碌，但是相對的，待遇也很好。除非有特殊的急診病人，晚上和假日甚至有時間畫畫。不過，如果撇開收入不談，模特兒似乎依然是她喜歡的工作。她用天真的語氣堅稱，喜歡當模特兒並不是因為可以偷懶。這份工作雖然不忙，但是需要耐心，其實相當累人。儘管如此，當模特兒露出裸體時的那種心情騷動，帶來生活的張力，據說可以刺激創作意欲（我猜是騙人的。附帶一提，她的畫作完全抽象，和模特兒壓根沒有任何關係）。如果沒有醫生的強烈反對，聽她的口氣好像現在還會繼續當模特兒。

對於我當攝影師的職業，她雖說有幾分關心，卻是很明顯的挑逗。她想必早就從肩傷取出的空氣槍子彈，以及我剪得像狗啃似的參差不齊髮型，看穿我就是脫下偽裝的箱男了。但我的眼睛，卻忽略了那種不自然。基於保護者的寬容，我自覺是在舔舐她的傷口。這種時候，眼睛會流口水。我不由意氣昂揚，決心在她被人摧毀前，自己先親手毀掉她。上下眼皮生出牙齒。齧咬她的妄想，令我的眼睛發熱，甚至勃起。

就某種意味而言，那種妄想，等於已經為我實現了。赤裸的她……窺視的我……是的，我的確在窺視裸體的她。不過，那是有條件的裸體。是已經被他人——而且是我的冒牌貨——窺視的裸體。我不僅不滿足，反而格外被激發了嫉妒。口渴時，就算拿自己在喝水的畫給我看也沒用。順帶，我也在窺視那個正在窺視的我。我想起那個飄在天花板上，俯瞰自己的屍體為之絕望的夢。我很羞愧，嘲笑自己。手臂脫力，鏡子的角度一歪，房間頓時跳離視野。我連忙改用另一隻手拿，這次我把鏡子的一端按在窗框上固定。明知是海市蜃樓，口渴時還是不得不走向虛幻的水源。

只見二人隔著四步左右的距離對峙。她的態度從容不迫，很遺憾，絕對無法期待他倆之間有敵對關係。一小時之前發生的事，她大概已報告完畢了吧？如果二人是串通好的，那我八成成了一個大笑話。按照約定守在橋下盯著漩渦半天，看到她像打賞小狗一樣扔下五萬圓，也只是默默接受的二愣子箱男……箱子腦袋……廁所箱子……箱中男……用箱子操縱人偶表演的流浪藝人……

可是，從赤裸的她身上，我完全感覺不到那種惡意和陰謀。就算依然有屈辱感，也毫無怨恨。我只是一心追逐。冒牌貨欺騙我，偷走了我的水壺。裸體遠比想像中更有魅力。那是理所當然，現實的裸體自然不是想像能夠比擬。只有在觀看時才存在，想看的慾望也會更加迫切。一旦停止觀看就會消失無蹤，所以必須用相機拍攝或畫在畫布上。裸體和肉體不同。裸體是以肉體為材料，用眼睛當手指捏成的作品。肉體雖是她所有，但是關於裸體的所有權，我也垂涎欲滴不打算退讓。

以左腳跟為支點，輕盈如浮在水上的裸體。就像在魔術師的指尖倏然挺立的神奇繩子。右腳的腳趾被左腳背蓋住，彎曲的膝蓋微微外張。那雙腿，到底有哪點如此吸引我？是因為暗示著生殖器？就現代服裝的構造而言，或許的確該將性器歸屬於腿部而非胴體。不過，若只是因為那個，還有更多充滿性暗示的腿。箱中生活過久了，幾乎都是根據下半身來觀察人，所以我很了解腿。說來說去，腿的女人味，還是在於那種曲面的單純吧。骨頭，肌腱，關節，全部融入肉中，表面已經不剩任何影響。比起作為走路工具，作為性器的蓋子（這不是反諷，我怎麼可能反諷，重要的容器當然需要「蓋子」），顯然更適合。蓋子一定要用手打開。所以女性化的美腿魅力（否定這種魅力的傢伙是偽君子），與其說是視覺上的，毋寧必須是觸覺上的。

不過，她那極端視覺性的雙腿，當然不可能男性化。男人的腿一邊抵抗引力，還要不斷背負沉重的包袱，所以筋骨粗大，關節橫向發展，成為注重實用性的步行機器。可是不管怎麼找，在她腿上都找不出努力支撐體重的跡象。她的雙腿肆意地修長伸展，硬要比較的話，更像是變聲期之前少年的腿。驀然之間，那刺激走累的男人心生憧憬……比方說，輕盈如小鳥……擺脫地心引力自由行走的感覺。那雙腿不像女人那樣連大門也不出，也不像男人那樣始終叛逆，只是隨心所欲地擺動。快速逃走的腿（不遜於性），總是在挑撥追逐者。她的腿並不欠缺性魅力（沒蓋子的性也相當刺激人）。只是，就算最後歸結到性，好像也不會就此結束。我在她的腿上找到了腿的理想嗎？抑或，我只是試圖把對於腿的理想套用在她腿上……

還有那歪斜的白色球形。和腿比起來，屁股果然是觸覺性的。或許是因為把重心放在那裡，刻劃出一條深深的折痕。抬起的右邊腰骨凸出，勾勒出像小鳥的胸骨一樣滑順的弧形。從大腿根部湧出淡淡青煙。那影子似的前端，細細隨風飄動。可是隨意撥開的頭髮雖然看似輕盈，卻文風不動，可見應該只有下方有風。大概是送風機調節不良，冷氣沿著地板流動。她的腰有點向後縮，因此腹部微微挺出，感覺毫無防備。相反的，肩膀向後大幅弓起，垂直立起的脖頸，支撐著就像門閂鬆脫般向前彎的頭顱。姿勢雖然非常放鬆，卻像是體內貫穿一根細鋼鐵支撐。右手放在肚臍，左手放在心窩，擺出自己擁抱自己的架勢。由於挺胸，乳房看起來或許比實際更小。乳房下方，留有胸罩的紅色勒痕。對了，她的腰骨上方也有貌似內褲的勒痕。看來她才剛脫光衣服沒多久。脫下的衣物，就扔在腳邊堆成一坨。護士小姐的白制服上，黑色的小內褲猶如死蜘蛛軟趴趴伸長手腳。

她輕咬下唇。可是嘴唇往兩旁咧開，扭身閃躲。看著她咧嘴大笑，我的心被悲哀的薄刃凌遲。她嫵媚地抬起眼，仰望假箱男。那傢伙似乎說了什麼（反正八成是隨口胡謅），抬起頭的她，似乎回答了三言兩語。像鋼鐵捲尺一樣挺直腰桿。挺身時順勢繃直腳尖，就此朝紙箱邁步。不對！我不禁在心中吶喊。我的橫隔膜像濕皮革一樣僵硬，呼吸困難，髮際冒汗，臉孔就像過熟的哈密瓜。她從箱子接下什麼。是一杯沒喝完的啤酒。她和假箱男竟用同一個杯子，令我很不滿。我的全身肌肉，明明蓄勢待發，卻沒有撞破窗玻璃衝進去，似乎也是因為她的背叛（典型的箱男式藉口）。她像吸烏龍麵那樣笨拙地張嘴勉強喝光剩下一半的啤酒。然後她把杯子還給紙箱，晃動身體，大步後退。得知假箱男不會走出箱子，我不由暗鬆一口氣。從肩膀至腰部的緊張放鬆，發出漿糊剝落的聲音。她退回原先的位置，連珠炮似地說話。接著突然噤口，仰望天花板，雙掌開始摩挲腰部。箱男再次掌握對話的主導權，似乎令她不是滋味。

她突然以腳跟為軸向後轉。接著迅速屈膝跪下，趴在地上，抬高腰部。檯燈的燈罩透不過的生命之光，將她誇大成觸覺性的球體。胴體、大腿與胳膊形成一個倒三角，中央緊貼著乳房的蓋子。我全身只剩眼睛，其他部位都開始萎縮。假箱男向前弓身，緩緩前後搖晃。

腳下的地面，突然盤旋隆起，我失去重心跪倒在地。好歹還保有一絲清醒知道不能發出聲音。盤旋的，不是地面，是不甘寂寞鑽進我膝間的狗。要悄悄趕走狗很難。我自己固然不能出聲，也不能讓狗出聲。狗越發興奮，用力把濕肥皂似的鼻頭貼過來。好像打算一起鑽進箱中。我只好放棄抵抗，把珍藏的牛肉罐頭開了一個小洞，讓狗聞聞肉湯舔一下之後，盡可能扔到遠處。可憐那隻狗大概會和罐頭格鬥到明天早上吧。

我急忙回到窗口。鏡子的表面，被手垢弄得模糊。我立刻拿襯衫下襬擦拭，重新抓穩鏡子。情景已大不同。幸好沒有發生任何我擔心的狀況。假紙箱沒有被撕破，沒有被壓扁，仍以同樣的姿勢坐在床邊。不過，就算他戴著箱子，或許照樣也能侵犯她。在紙箱前面開個那話兒專用的小洞，只要對姿勢稍微不符人體工學有心理準備，應該不至於做不到。不過，那想必需要她的配合，而且也得耗費大量時間。我把狗趕走費了那麼多時間嗎？或許有，總之，她已經不是赤裸的。正在房間角落倚靠辦公桌抽菸。過長的白制服，每顆扣子都扣得整整齊齊，已經看不見腿了。沒露腿的她，異樣疏離，好像換了一個人。香菸已經只剩三分之一的長度。陰沉疲憊的眉毛。白制服口袋露出的浣腸器。被那橡皮管纏繞的纖細手指。指尖銀色的指甲油。就連幾分鐘前她的赤裸，都已變得難以置信。抑或，一切都只不過是鏡中幻影？

可憐的狗在某個樹叢後叼著罐頭摔向地面，發出可悲的喘息。只要搓搓脖子，就有一坨坨污垢不斷產生。我把那些污垢搓成泥丸，心情異常低落。絕不可能發生，也不希望發生的事——紙箱侵犯她的場面——事實上也的確沒發生，不知怎的卻似乎令我非常受傷。也許是因為對方屢屢不按牌理出牌。

她捻熄香菸，晃晃腦袋，用空著的那隻手的小指頭挖耳朵。正面被檯燈的燈光照射下，她的雙眼距離特別寬，看起來有點斜視。可疑地露出牙齒，只有嘴巴假笑時，表情像個倔強的小孩。她微微搖頭，閉上嘴後，突出的下唇意外地肉感。接著上半身微彎，做出踢隱形氣球的動作。就此橫越房間，走向房門。一旦邁步，果然是她沒錯。輕盈得令人目眩。對了，最接近的無重力感，好像是墜落感吧？假箱男爬下床。她頭也不回地拉開門，霎時消失在門外。想追上去的假箱男，就像被拽掉腳的昆蟲。除了沒有穿長筒橡膠靴，連腰上的麻布袋都和我的一模一樣。房門關上了，假箱男也駐足。他似乎不打算繼續追，晃著紙箱轉身，像內褲濕掉似地拖著腳走回來。這下子我看見箱子的正面。窺窗同樣和我的分毫不差，塑膠布的設計和顏色都一模一樣（除此之外，沒有任何小洞——哪怕是給那話兒的洞）。

不過話說回來，這個複製品還真是精心製造。就一個普通湊熱鬧的人而言未免太用心了。他到底有何企圖？如此看來，就算我鐵了心要把那五萬圓退回去，他恐怕也不會老實接受。或許該認為，打從我收下五萬圓的那一刻起，正牌貨的權利就已落到對方手中，我反而成了冒牌貨。只見我的影子沿著房間的對角線，像玩具機器人那樣搖搖晃晃踩著小碎步走來走去。看到自己映在鏡中的影像，無視於我的意志擅自行動，令人很不舒服。真是個蠢男人。為何不趕快脫下紙箱……難道喝醉了嗎……那樣做久了，真的會脫離不了喔。不，如果不想出來，不出來也沒關係。不然我代替他出來也行。的確，那似乎也是一個好方法。她想出那種交易的本來目的說不定也是……如果樂觀地猜想，說不定是為了把那傢伙這樣關進箱子。然後她就可以自由了。我不如也趁此機會和箱子徹底分手吧？

我決定暫時先撤退。犯不著急著做結論。只要下定決心，隨時可以脫離區區一個箱子。等我從容整理好心情，明天再來一趟即可。臨走之前，我決定看一眼她的房間。我橫越通往玄關的碎石子路（石子埋在土裡悄然無聲），歪著箱子撥開足有成年人那麼高的成片翠菊，或許是草叢蒸騰的潮濕熱氣帶來的聯想，卷貝內部那樣的凹洞頻頻閃現眼前。那或許是她的腋窩。不過，建築物的背面向北，每扇窗都很小很高。尤其是她的窗子，被厚重的窗簾遮蔽，勉強能看見燈光，但顯然無法奢望更多。然我還是依依不捨，躲在簷下繼續等待。風晃動排水管，落下大顆水滴，像打鼓似地敲響紙箱。但她的房間還是毫無反應。

當然，如果只是要從箱子出來，不過是小事一樁。正因為是小事一樁，所以不需勉強出來罷了。不過，如果可以，我還是希望有人能夠伸出援手。

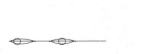

寫在另一張紙上的三頁半插入文

（不只是紙張不同。起初用的是鋼筆，字跡也明顯不同。不過，如果遲早會有人謄寫在別的筆記本上，紙張和字體屆時皆可輕易統一。應該用不著想得那麼神經質吧。）

——對了，後來呢？

——口好渴……

——那個杯子裂了喔。

——沒關係。

——然後呢？

——就脫掉啦，按照約定……

——我在問燈光。

——啤酒就這麼一點？

——問題是脫衣時，燈光暗到哪種程度。

——一片漆黑。我要解開胸罩都費了好大的功夫。

——胸罩和燈光無關吧。反正不都是靠雙手摸索？

——話是沒錯啦……

——算了。後來呢？

——對方不耐煩了，說要幫忙解胸罩，勸都勸不聽。

——好奇怪。

——怎麼說？

——不是一片漆黑嗎？那他怎麼知道費事的是胸罩呢？

——這種小事，自然而然就知道吧……

——所以，妳讓對方幫忙了？

——怎麼可能。

——為什麼？

——不是約定好了嗎，絕對不能碰……而且我的手，瞧，這麼長，甚至可以在背後交握……

——很好。換句話說，妳在黑暗中脫衣，脫完再開燈。是這樣沒錯吧？

——應該是……

——那，打針呢？

——當然打了。

——光著身子？

——只靠雙手摸索的話，連安瓶都打不開吧。

——給人看到裸體就已經夠了。犯不著連打針時都裸體。

——反正都一樣。

——差別可大了。

——你別這麼大聲。

——聽著，衣衫半解時，比起完全脫光後，是更赤裸的裸體。妳懂吧。打針也是同樣的道理。正在做什麼事的裸體，比裸體更赤裸。這可不是說聲不知道就能了事的喔。

——我知道了，以後會注意。

——那妳再從頭按照順序複述一次。

——就跟你說我脫了衣服，開燈……

——在那之前要先關燈吧？

——所以就是關燈，脫衣服，開燈，然後打針。

——不過這也太少見了吧，期間居然一句話都沒說。

——倒也不是那樣……

——傷腦筋，妳不能自行省略。

——應該也沒說什麼重要的話……我想想喔，起初，好像有聊到天氣……他還一邊這樣摸我的頭髮……

——不是說好了不能動手。

——可是，只有碰頭髮。

——不管碰哪都一樣。

——可是，說不定他只是偶然碰到……

——用不著袒護他吧。

——正好是我彎腰要打開枕邊檯燈的時候。

——檯燈？

——是對方要求的。

——什麼要求？

——他說如果只有上方的光源，有些地方會看不清楚。

——真是夠了。如果任他那樣得寸進尺，會沒完沒了喔。

——好啦，我下次會注意。

——結果，那傢伙怎麼說？

——他說好像快下雨了。因為我的頭髮看起來微微捲曲……

——只是汗濕罷了。

——嗯，我當時滿頭大汗。

——不過，慢著，在那句天氣預報之前，他就要求了檯燈燈光吧？

——對，他先提到檯燈。

——真靠不住。

——對不起。我已經累壞了。我實在不適合做這種事……瞧，我的膝蓋一直發抖，就像坐在洗衣機上……

——那妳坐過來。我的腿上應該比洗衣機好一點。

——我想抽菸。

——熬夜抽菸對皮膚不好喔。

——總比光著身子好。

——妳也太大驚小怪了。妳不該把那種傢伙當成男人。其實那和妳在浴室脫內褲不是沒兩樣嗎？

——斤斤計較的是醫生你吧？盤根問底，太囉唆了。

——我只是想知道事實。

——至少過去的事情我只想忘記。

——看來發生了什麼事讓妳真的很想忘記。

——很遺憾，完全沒發生你想像中的那種事情。

——但願如此。

——是真的。起初，他抹去眼屎，叫我擺出各種姿勢，眼神就像在尋寶。可是，打的針很快開始發揮作用，他的眼神漸漸渙散，不到五分鐘，就死盯著日光燈，好像眼中已經沒有我的存在。

——讓他自行做夢就好了。

——不過，最後還是被迫替他灌腸。

——灌腸？

——你很煩欸。我都奇怪你怎麼不會厭煩，一次又一次，老是問同樣的問題……你猜怎麼著……他居然叫我看他勃起了沒有。我都快煩死了。因為太囉唆，我只好隨便敷衍他一下。好不容易到了八分吧……突然就暴怒了……別亂來，自己的事情，自己知道得最清楚……

——要是知道，就不會問了。

——後來，他就開始催促我。聞到我的汗臭味，好像就會勃起，所以叫我更靠近他一點。

——開什麼玩笑，那種閹豬，哪還有東西可以翹起來。

——嗯，的確沒翹起來。他反而哭了。我都愣住了。不過也可能是假哭吧。仔細一看，在哭的，好像只有嘴型和聲音……況且還有口臭……就算他再怎麼死皮賴臉哀求，我頂多也只在憋得住氣時應付一下。不過，他好像就已經很興奮了。他說從屁股那邊看我趴在地上，實在受不了。

——妳擺出那種姿勢給他看？

——怎麼可能。是因為打了針吧。我只是站著不動而已。那全是對方自己想像的。不過，還真不可思議……那算是催眠術嗎……實際上我哪也沒被看到，但只要對方自以為看見了，就真的會有那種感覺。打從覺得被對方注視，我就忽然渾身無力，無法脫離趴在地上的想像。從屁股開始失去血色，變得蒼白，麻木無感……好像變成石頭……

——所以灌腸是怎麼回事。

——嗯，後來……他忽然不哭了，隨即嚷嚷著快點快點，像急需硝化甘油的狹心症病人一樣……

——真是噁心的傢伙。

——雖然還是沒有勃起，不過好像有反應。他咬緊牙關，咻咻咻的……

仔細一聽，原來是在說謝謝，謝謝……

——妳為什麼沒有拒絕？

——醫生才是，不是你自己叫我別太大驚小怪。

——那倒也是。

——拜託，可以讓我休息了吧。如果可以，我真希望醫生說那些全都不算什麼。

——那就到此為止，先休息一下吧。過來。別一直站在那裡……把襪子脫掉吧……

——我根本沒有穿襪子。

——快點過來……具體而言，那傢伙到底想叫妳擺什麼姿勢？

——你先把燈關掉……

書寫的我，和被書寫的我之間不愉快的關係

趴在地上渾身赤裸的她。胴體、大腿、胳膊形成的倒三角形。烙印在我的眼球內，不管往哪看，視野內永遠有肉色的鏤空雕刻投影在上面。全身的毛孔一齊張口，軟趴趴伸出舌頭。很想吐。異常緊張。是缺氧。同時也是因為睡眠不足。

不過話說回來，我到底是什麼時候抵達這裡的？好像自己在騙自己。三點十八分。此刻這裡是海灣邊T港對面的市立海水浴場。無人的沙灘只有寄居蟹發出聲音滿地亂爬。潮濕的綠色三角旗裹在竹竿上簌簌抖動。就算回程一路都是下坡，也不可能是我順其自然地一路滾過來。來這裡當然應該是有一定的目的。

老實說，一週前，我要打理外表以便去醫院包紮傷口時，也是在這裡。這是箱男用來偷偷離開紙箱的最佳地點。身體自然要洗，另外我也想洗頭，還想刮鬍子，順便把內褲和汗衫洗一洗。車站和碼頭雖然也有自來水可以自行使用，但是這裡不會一早就有人出現，只要時間選得好，不用被任何人看到就能從容不迫地使用脫衣場淋浴。

其實不瞞各位說。前面提到的那些事，我才剛做完。洗澡，洗頭，刮鬍子，也洗了內褲和汗衫。我怕會感冒，所以內褲和汗衫沒乾之前，還是先躲回箱中，不過那只是暫時擋擋風，待會還打算出箱子。不，其實我已經出來一半了。要給被蟲咬的地方抓癢，不需要特別的決心。隧道出口，已經近在眼前。如果箱子是移動的隧道，裸體的她就是照亮隧道出口的耀眼光芒。一直在等待被窺視的姿勢。這三年來，我一直等的好像的確就是這個機會。

而且，還有我和假箱男的意外邂逅。我的那個複製品，頻頻窺視彎腰趴地的她（毫無防備，只是等待被看的姿勢）。我從沒感到箱子如此醜陋。看多少次都討厭的，是化為靈魂飄在天花板俯瞰自己屍體的夢境。事到如今我怎麼可能還對箱子有眷戀。不僅沒有眷戀，簡直煩透了。那是有出口的隧道。就連這本筆記本也是，現在立刻停筆撕破扔掉都無所謂。

我記得那是我開始紙箱生活不久的時候。我看到公廁和某種木板圍牆（也許是露天停車場）之間的夾縫，被人胡亂塞了一個壓扁的空紙箱。沒人住的紙箱等同廢屋，似乎也老化得特別快，已經風化成乾枯的葡萄色。但我一眼就能看出那是箱男脫下的空殼子。看起來半已撕破的，是窺窗的痕跡……捲起來黏在那裡的，是塑膠布……紙箱側面皮膚病似的隆起，大概是聽聲音用的那些小洞泡爛了吧。我試著撕開表面。就像撕開潮濕的ＯＫ繃，露出箱子的內部。我反射性地靠近夾縫，擋住那個空殼以免被路人看見。

箱子內部，就像按在黏土上的手印，昔日住戶（姑且稱之為Ｂ）的生活痕跡，已深深刻畫入裡。比方說，用絕緣膠帶固定併攏的免洗筷，給裂縫補強的痕跡。從畫報剪下的裸女照片此刻已經褪色變成鳥糞色污漬。為了不讓箱子搖晃，穿在褲腰帶上用的紅繩。窺窗下方的塑膠小盒子。還有密密麻麻寫滿整片的無數塗鴉。空白處形成大大小小的長方形，以前那裡一定是掛著收音機、收納盒或手電筒之類的東西。

渾身發冷乏力。彷彿看到Ｂ的木乃伊剖面。我心慌意亂。我還沒以那種形式想過自己的（箱子的）死。我本來以為，時間一到，就會像水滴蒸發那樣自然消失。然而這才是現實。Ｂ的最後結局，究竟是怎樣呢？

不過，紙箱之死，不見得就是Ｂ的肉體之死。Ｂ說不定只是走出隧道，扔下了箱子。而這個紙箱的殘骸，或許是他化為蝴蝶（如果嫌蝴蝶太浪漫，說他是蟬或蟻獅也行）飛走後剩下的蛹殼。可以的話我希望是那樣。如果不這麼想實在太悲慘。可是要這麼想，必須有證據。我尋找證據，凝神注視整面塗鴉。不巧Ｂ似乎習慣使用水溶性麥克筆，字跡幾乎完全無法辨識。小塑膠盒有蓋子。如果真有什麼線索，肯定在那裡面。我撬開黏在一起的蓋子，合葉彈飛。盒中，有二支原子筆，一把缺了握把的小刀，打火機的打火石，面板玻璃脫落只剩時針的手錶，以及一本沒有封面的小型記事本。記事本的第一頁，是這樣開始的。幸好當場抄寫在紙箱內壁（當時還剩下很多空白），所以可以完整摘錄如下：

「那傢伙的擔心已經超過正常限度。只要稍微離開房間久一點，就提心吊膽深怕房間會在那期間消失，整天疑神疑鬼甚至不敢外出。漸漸越發懶得出門。整天關在屋裡，一步也不肯出去。最後，他的死因，不是餓死就是上吊自殺。不過，據說誰也沒有親眼確認過屍體……」

正想翻到下一頁，記事本卻像受潮的餅乾，在指間粉碎紛紛飄落。線索也跟著粉碎，我到現在還摸不透那個紙箱屍骸的意義。

好了，差不多也該和紙箱告別了。不過，內褲和汗衫不知怎的都乾得很慢。雨雖停了，潮濕的雲層低垂導致衣服遲遲不乾。幸好在箱中就算裸身，感覺也不壞。許是因為仔細洗去了污垢，身體各處的接觸異樣新鮮，甚至對自己產生某種懷念之情。不過，儘管如此我也不打算一直這樣待著。但願早晨的風暴早點平息就好了。

漆黑的海面，和陰暗潮濕的天空在眼睛的高度融為一體。海比天空更暗。深邃的黑色就像墜落的電梯。即使閉著眼仍可看見那無底的漆黑。能夠聽見海。能夠看見自己頭蓋骨的內部。骨架外露的巨蛋形天幕。和飛行船的內部一樣。嚴重的睡眠不足，滲透血液汩汩脈動。好想睡。離開紙箱前，至少得先睡兩三小時。我把閉著的雙眼閉得更緊。眼前出現海浪。海浪保持直尺畫出似的平行線，朝著外海逐漸變窄，同時無限延伸。每一波浪頭，都有表裡兩面，表面微帶光澤。當我向前彎腰想湊近窺看波間時，左右的眼珠順勢掉落。從掉落的軌跡噴出一陣煙。眼珠相撞，就此滾落波間。忽然很想吐。我睜開眼。海面和天空都黝黑靜止，一切一如原狀。我在潮濕結塊的沙子上渺小得可悲。我瞪著眼，似乎只能等待睡意在不意間降臨。

然而，就算完全睡不著，時間到了還是得展開預定的行動。收拾脫下的紙箱，八點整就再次前往醫院吧。門診是十點開始，所以我想盡量在那之前多爭取一點時間。可是如果去得太早，得罪了對方也很麻煩。如果折衷一下在八點造訪，應該不會打擾對方睡覺，況且就算談不上時間充裕，對方應該也能撥出二小時談判。甚至乾脆休診一天，同意與我繼續談判也不無可能。總之談判需要大量的時間……不過，到底要談判什麼？

（趁著還沒忘記，我想先寫下來。此刻我想到一句見到她就可以立刻用上的甜言蜜語：「我並不是想讓妳發笑或發怒。重要的是，或笑或怒的，不是別人而是妳。」）

總之，用不著緊張，豁出去就是了。如果沒有撕破臉，應該談得成，況且如果沒談成，也只能撕破臉了。那倒還在其次，眼下必要的，是倒回去推算為了趕上八點必須先解決的作業。說是解決，其實也沒什麼太大的麻煩。把紙箱撕成三、四塊，折起來之後，就只是普通的垃圾。就算再怎麼費事也用不了五分鐘。至於隨身物品的整理，反正都是流浪生活的日用品，內容可想而知。比方說，此刻也墊在這本筆記本下面的塑膠板。只不過是寬四十公分、長四十五公分、乳白色略微厚實的普通板子，在我的生活中卻是不可或缺的必需品。首先，它可以當桌子。用餐或玩撲克牌算命時，需要不會晃動的平面。烹飪時也可以當作砧板。強風呼嘯的冬夜，可作為遮雨板擋住窺窗，無風的夏夜，就成了團扇的最佳替代品。要在潮濕的地面坐下時，它還可以當板凳，把收集的菸屁股拆開重捲時，也是最適合的作業台。

不過隨身物品能夠簡化到如此地步，還是需要一定的歲月和歷練。當初我剛開始紙箱生活時，還無法擺脫對一般便利生活的貪戀，可能派上用場的東西自然不消說，就連完全看不出用途的廢物，有段時期我都一股腦收藏起來。浮雕著搶奪金蘋果的三人天然色裸體的鐵皮盒子（將來肯定會有用處），罕見的石頭（說不定是古時候的石器），小鋼珠（滾動重物時可以派上用場），簡明英日辭典（說不定幾時會需要），漆成金色的高跟鞋跟（形狀很有趣，而且好像可以拿來當錘子），一百二十五伏特六安培的家用插座（需要時如果沒有會很傷腦筋），黃銅門把（綁上繩子就可以當作兇器），鏟子（一定有用處），有五把鑰匙的鑰匙圈（將來說不定會遇上哪把鑰匙能夠開啟的鎖頭），直徑長達四點五公分的鑄鐵螺絲帽（用線吊著可以當地震儀，晾乾底片時也能拿來壓著）……諸如此類，東西無限增加，被東西的重量和擁擠弄得動彈不得後，這才終於痛切感到割捨的必要。箱男需要的，不是七種工具合一的瑞士刀，而是將一片安全刮鬍刀的刀片用於各種目的的巧思。最起碼，如果不是一天至少用到三次的東西，就該毫不考慮地扔掉。

可是割捨畢竟也有限度。收藏固然辛苦，扔棄更需要努力。如果不抓緊自己擁有的物品，就會不安得彷彿會被風吹跑。比方說，小型收音機——音質相當令人滿意，還附帶調頻系統的攜帶型收音機——的愛用者，未必能夠只因為想減輕行李就毅然將之視為破銅爛鐵扔掉。可我連那個都做得到。

是的，至少要把關於那個收音機的故事說給她聽。如果有必要，我也想讓假箱男聽一聽。面對談判，我想讓那二人先清楚意識到，他們究竟是在和什麼樣的對手打交道。

——問我一大清早來幹嘛？（對我說話的人，幾乎都是她，醫生套著假紙箱，就把他塞到房間角落好了。）我只是出來散步啦。晨間散步。從下面的醬油工廠到這裡的這條坡道，雖然很冷清但我還滿喜歡的。途中看到的那種長滿小葉子、歪七扭八的樹，那叫什麼名字來著？透過樹葉看見這裡的三角屋頂後，就開始莫名興奮。滿是裂痕的石灰牆，塗了油漆的高處小窗，氣氛就像在進行什麼可疑的詭計……妳不相信？那我換個說法也行，雖然沒有特別的理由，但我就是想來，所以就來了……還是不相信嗎……我看起來真有那麼貪婪？這是天生的長相，我也沒辦法。三白眼真是吃虧的長相。不過，瞧，這五萬日圓……（這時，我用不顯諷刺的態度，趁勢把錢扔到診療桌上）之前雖然先收下了，但並不是確定同意交易。我還在考慮。不過紙箱我已按照妳的要求處理掉了請放心。這下子雙方扯平，不，反而是妳欠了我一點人情。箱子住起來怎麼樣？（這時，我突然湊近假紙箱的窗口，不給對方回答的時間，立刻又轉身面對她）對了，事不宜遲，為了讓妳了解我這個人，不如聽我說個收音機的故事吧。對，就是收音機。其實我以前曾經有嚴重的新聞成癮症。妳懂我的意思嗎？如果沒有不斷接收新的新聞，就會非常不安。戰場上的戰況時時刻刻變化，電影明星和歌手不斷結婚或離婚……有火星火箭發射，也有漁船留下求救訊號就此失聯消失……縱火狂消防局長被逮捕，香蕉貨櫃出現毒蛇，通產省官員自殺，三歲女童遭到強姦時，國際會議正取得莫大成功或談判破裂……飼養無菌老鼠的公司成立，超市的工地現場發現被封在水泥裡的嬰兒，全世界軍隊的逃兵總數刷新了紀錄……這個世界，就像一直在沸騰的水壺。只要一不注意，就連地球的形狀說不定都會變。到最後，我一共訂了七份報紙，屋裡放了二台電視機和三台收音機，外出時也隨身攜帶小型收音機，甚至連睡覺時也一直戴著耳機。不同的電視台有時在同一時段播報的新聞並不相同，而且說不定哪時候會播出臨時新聞動態。就像膽小的動物因為太在意周遭，有的像長頸鹿一樣脖子越來越長，有的像小猴子一樣再也不敢從樹上下來。這可不是開玩笑的，對當事人而言是很嚴重的問題。光是看或聽新聞，就會耗掉一天的大半時間。雖然很氣自己的意志力太薄弱，卻還是無奈地離不開收音機和電視機。當然，自己也很清楚，就算四處打聽新聞也不代表接近了事實。可明知如此，還是無法停止。或許我真正需要的，不是事實也不是體驗，而是用固定文句摘要的新聞這種模式。換言之我已經完全新聞中毒了。

可是有一天，我突然恢復了。一件瑣碎得連自己都納悶的小事竟然成了解毒劑。那是在哪來著……我記得是夾在銀行與地下鐵車站之間，有寬闊人行道的某個街角……大白天的居然沒什麼人經過……就在我眼前，一個尋常走在路上乍看像是上班族的中年男人，突然兩腿一軟，隨即栽倒在地上再也不動了。感覺就像和小孩子玩熊來了裝死的遊戲。記得當時有一個看似學生的男人路過，還嬉皮笑臉地湊近倒臥的中年男人說，「該不會是死翹翹了吧。」說完尷尬地抬頭看我露出淺笑。我沒理睬他，他只好不情願地去兩三家之外的香菸攤借電話。我也基於職業病——不過，我的工作頂多也只是每月會有一兩次叫我拍攝夾頁廣告用的商品樣本——立刻拿起相機，從各種角度瞄準。但我最後還是打消念頭，沒有按下快門，倒也不是因為哀悼死者不忍拍攝。而是因為我當下就知道，這絕對不可能變成新聞。

不過，死亡的確是一種變化。首先，膚色會倏然慘白。接著鼻子變薄，下顎萎縮變小。半張的嘴巴，就像用刀切開的橘子皮切口，露出下顎的紅色假牙。連身上穿的衣服都會變。本來看起來相當高級的料子，轉眼之間就軟趴趴地變成虛有其表的便宜貨。當然那種事也不是新聞。不過對死掉的當事人而言，不管能不能成為新聞，似乎都已毫無關係了。就算是被通緝中的兇惡罪犯害死的第十個犧牲者，想必也不可能有不同的死法。自己固然變了，但外在世界也在改變，已經無法再有更多變化。這種巨大變化，任何重大新聞都望塵莫及。

這麼一想，對新聞的感覺，頓時徹底改變。該怎麼說呢……當然不可能是「你也能夠戒掉新聞」……不過，多多少少還是能理解吧……為什麼人人渴求這種新聞……是因為能夠預知社會的變化，以備不時之需？以前我也這麼想。但那是騙人的。人們只是為了安心才聽新聞。因為不管聽到什麼大新聞，聽的人都還是好好活著。真正的大新聞，應該是宣告世界末日的最後一條新聞吧。當然我巴不得能夠聽到那個新聞。因為這樣就不用一個人孤零零離開這世界了。仔細想想，我之所以對新聞上癮，到頭來好像也是因為太焦慮，不想錯過那最後一條新聞。不過，只要新聞還在繼續傳播，就絕不可能是最後。那就像在告知，還沒有到最後。只是省略了之後本該說的那句固定說詞。昨晚B-52轟炸機對北越進行本年度最大一次轟炸。然而你還活著。瓦斯施工中不慎起火造成八人輕重傷，可是你平安無事。物價漲幅再創新高，可你繼續活著。工廠排放廢水造成東京灣內的魚蝦盡數死亡，但你還是好歹倖存下來了。

——對了，剛才說到哪兒來著？

「簡而言之，你聽膩了新聞……」她說著，換一隻腿翹起（似乎精明地懂得我的關心重點在何處）又叼了一根菸點燃。假箱男在一旁悶聲補充：「我還是不明白，這種自我介紹，有什麼好處……」

——不聽新聞的人，沒有壞人。我傲慢地回嗆醫生，對她保持微笑，不相信新聞，換言之，大概就等於不相信變化，我也不打算非要把變化帶進這裡。

「不過話說回來，你是不是搞錯了？」假箱男出其不意用斬釘截鐵的語氣插嘴說。

「搞錯什麼？」

「那五萬圓呀。我相信你宣稱和箱男很熟的說法，這才拿出那筆錢做交易。輪不到你說什麼收不收的，搞錯也該有個限度吧。」

「你可別冤枉我……」這意外的反擊令我心慌意亂，「我和箱男是同一人，這你明明應該早就知道。」

「我可不知道。」

「就算你不認帳也沒用，我可是有證據的。」為了讓自己冷靜，我緩緩吸氣再吐氣。「一週前的那個早上，我來包紮傷口時，你應該就已看穿了。我的頭髮剪得參差不齊……下巴傷痕累累還有沒刮乾淨的鬍渣……雖有肥皂味，脖子和肩膀卻有很多像頭皮屑的皮膚碎屑……」

「不過，不是說攝影家這一行本來就有很多怪胎嗎？」她的語氣輕快得就像指出我玩遊戲輸了。到頭來她也和醫生串通一氣，只是在利用我？

「可是那時候，妳不也承認了，肩膀的傷口，是空氣槍的子彈……」

「這附近很多人都有空氣槍。聽說黃鼠狼常去偷襲雞舍。」

「我被擊中時，湊巧有個好心的目擊者在場，指點我來這家醫院。而且，那人甚至還給了我醫療費。是帶點消毒水氣味的鈔票，三千圓……」我定睛窺視她的眼睛深處。我不相信她會這麼輕易翻臉不認人。她不是明確承諾過要做我的模特兒嗎？在她充當模特兒，感到畫家的視線時，據說會處於最好的充電狀態。她不惜那樣挑撥，抑或，對……也許現在她只是當著醫生的面前假意敷衍。這時候如果惹火醫生，的確不是什麼好事。假使我非要打破砂鍋問到底，也可能危及她的立場。

「……某個騎著新式腳踏車穿迷你裙的小姐……我想，應該是未婚小姐吧……不巧我只看見背影，但是那雙美腿形狀姣好。只要見過一次，絕對忘不了那雙腿。我長年過著紙箱生活，看路人往往也習慣只看下半身，所以看腿的眼光或許也變高了。」

她的臉頰似乎微微鼓起，浮現一抹微笑。但是實際發出笑聲的是假箱男。

「的確，箱子這種東西，用看的和自己鑽進去大不相同。」

「我可要先聲明，我還沒有完全讓出所有權。」

「差別簡直太大了。」假箱男用好整以暇的語氣，像在回味似地再次重述。「昨晚我第一次試著在箱中待到天亮。我這才恍然大悟。難怪會有人想當箱男……」

「我是不打算勉強阻止你啦。」

「你當然阻止不了，這還用說嗎？」

假箱男泰然自若的聲音中，帶著隱約的笑意。似乎是善意，又像是嘲諷，令我很不滿。情況好像不大正常。我甚至覺得或許打從一開始就該把他當成夥伴對待。的確沒什麼好跟他賭氣計較的。無論是怎樣弄到食物、哪裡可以找到品相尚佳的中古雜貨且沒什麼人知道、如何不花一毛錢便可長途旅行、市內至少有七隻需要提高警覺的猛犬在何處等等，只要拿箱男如何露宿街頭的祕訣當話題，應該可以談得更融洽，不過與箱男同席還是很不舒服。明知那是自己的仿冒品，還是忍不住心虛。早知如此，或許自己也該鑽進箱子，與對方一決勝負。我把矛頭轉回她那邊。

「如果是妳會怎麼做？妳會阻止，還是隨便對方要怎樣都行？」

她保持纖腰輕倚診療桌角的姿勢，抬眼看我。嘴唇咧開，因此看起來也像在笑，可是眼中毫無笑意。

「我只覺得，如果突然掛出今日休診的牌子，病人一定會很困擾。」

那想必是。這種答覆要怎麼解釋都行，太狡猾了。不過或許基本上那種程度就該滿足了。好了，接下來只等假箱男做出結論。

箱子發出聲音吸引我的注意，刻意歪斜。窗口的塑膠布分開，露出眼睛。眼睛沒有情緒，只是觀看。那是單方面強迫我淪為被觀看者的傲慢眼睛。這傢伙，什麼時候學會這種手段了？無庸贅言，範本當然是我。我很沮喪。被看的固然是我，在看的也同樣是我。

「不管再怎麼談判，恐怕都是白費唇舌。」假箱男的聲音細小，和外表很不搭調，「反正你一定不相信。」

「不相信什麼？」

「你完全不相信我會取代你走出這裡。你心裡雖然期盼，卻不相信。」

「對呀，事實上你本來就不打算出去吧……」

「如果雙方可以稍微妥協，那我倒有一個備案。」假箱男帶著濕氣的咳嗽咳去老痰，語氣越發低沉帶點諂媚地繼續說道。「比方說，你看這樣如何？你可以在這個屋子裡自由活動。不管和她發生什麼關係，我都不會干涉。也絕對不會阻撓、插嘴、或是礙你的眼。不過，我只有一個條件。請你讓我也有窺視的自由。只是窺視而已喔。當然是從箱中。就像此刻我們三人所處的這種關係。只要讓我這樣躲在角落偷窺就行了。習慣之後，其實我和廢紙簍也差不多吧。」

我忽然覺得，本該由自己說出的提案，被冒牌貨搶先說出口。我悄悄窺視情況，只見她頻頻活動十指，開始專注於沒有絲繩的翻花繩遊戲。她緩緩換個姿勢蹺腳。說不定熨燙平整的白制服下襬掀開，露出令人很想用沾了口水的手指摩挲的膝蓋。她的白制服底下是赤裸的。感覺就像是不知箇中機關便吞下的氣球，突然在胃裡膨脹。儘管如此，此刻在這個假箱男的面前，我真的有勇氣請求她為我脫光嗎？

「你還猶豫什麼。」假箱男催促似地又說，「箱男這玩意，如果不去在意，就和風或塵埃沒兩樣。關於這點，我個人也有有趣的經驗。隨手拍下的照片，洗出來才發現，畫面前端出現了完全沒預料到的東西。居然有一個戴著紙箱的人大搖大擺地走在馬路上。我不是你這種專家，所以用的只是騙小孩的相機。本來是打算拍什麼來著？很久以前的事了，我想八成是哪裡的喪禮風景。是我治療過的病人，所以我想盡量給喪禮拍照留念。不過我還真嚇了一跳。拍出那麼近的特寫，不可能沒看見。可是我毫無印象。如果說鬼魂是明明看不見，卻讓人覺得好像看見了，那麼箱男就是正好相反。從此之後，我就開始對箱男產生興趣。抱著那種心態留神觀察之下，果真發現的確有照片中那樣的箱男在街頭徘徊。而且，多觀察幾次後，我發現人人都不會去注意。不是只有我疏忽沒看見。假設箱男站在蔬果店的門口。像這樣，從洞裡伸出手，開始逐一偷走那些商品。不過，當然都是番茄、牛奶、納豆這類不值錢的小東西。可是，就在旁邊招呼客人的店員，不僅不會責罵他，甚至看似毫無察覺，這豈不是很有意思嗎？這就是俗話所謂的粉飾太平吧。的確，把自己當成行李捆包起來走路，已經不只是形跡可疑，而是對社會的侮辱了。再不然，就是只要想忽略就可以視而不見的無害生物吧。對於我這種人，你只要不放在心上，想必也可以視而不見。」

假箱男說到最後語氣低沉就打住了，連我也跟著長嘆一口氣。他提出的條件或許的確不壞。箱男的無害，我比任何人都清楚。這間醫院的地點雖然不方便，但既然開門看診，好歹應該有點積蓄，況且那種不方便反而好像讓我們與世隔絕。到頭來問題全看她的心意。只要能徵得她的同意，說不定我們三人可以相處愉快。不，不是三人，是二人多一點。就算不至於把他當成廢紙簍看待，只要當成在臥室養了一隻關在籠子裡的猴子也就沒事了。

「所以，妳不在乎？」

「我？」她回視我一眼，隨即視線滑向假箱男。滑過去的途中，她露出的微笑，令我感到強烈的嫉妒。「不行啦……我最怕這種要負責任的答覆了……每次只要一思考就會發生怪事，不是把剪刀掉到腳上，就是一屁股坐到杯子上……現在幾點了？」

「還有二十四分鐘就十點了。」假箱男迅速回答，令我有點心虛，覺得自己好像被對方指責優柔寡斷。她緊接著又補了一刀：

「你到底幾歲？」

「戶籍上是二十九歲，不過實際年齡好像三十二、三歲了。」

我不禁脫口回答，不過她似乎也不是真心問這個問題。我還沒說完，她已經轉身背對我，開始整理診療桌。她是在無言中暗示現在還沒決定要休診？這或許的確是最順理成章的發展。不過，她整理桌子似乎也沒有太認真。她只是把那些器具和玻璃容器當成玩具小汽車，用指尖推著四處移動。這該視為消極的贊成嗎？如果她反對，當然應該會提出異議。她之所以表現得很在意時間，或許也可視為是在催促我做決定。簡而言之，只要我下定決心好像就沒問題。只要我說句話，請求她脫光，立刻就會啟動下一幕的開關……就算再怎麼費事，她頂多也只需兩三秒就能解開白制服的貝殼鈕扣……然後她的裸體就已在眼前。距離我的位置，不到三公尺。視室內的氣流而定，這個距離說不定連味道都聞得到。好……可是……難得她這麼看得起我，但如此重要的角色，我真的能如她所期待地稱職扮演嗎？

（我忽然想起一段討厭的記憶。那是小學的才藝表演會。平時就不受歡迎的我，被分派到一個想必誰也不肯要的小角色。扮演名叫「鈍馬」的一匹馬，但我當時還是興奮得團團轉。不料上了舞台之後，短短一句話的台詞，不知怎的我就是說不出來。就在我絕望地準備退場時，扮演馬主人的同學太生氣，一腳踢開我。我也不甘示弱地發脾氣，回踹他一腳，對方撞到地板昏迷了。之後，舞台劇是怎麼中斷的，我完全不記得。不過我嚴重近視，從小氣的父母那裡討得眼鏡，就是在那不久之後。因為我躲在暗處，故意把臉貼著字體很小的書籍或雜誌沉迷地閱讀。因為無論是看，或是被看，我都只想逃離。）

我很清楚自己的醜陋。我還沒有那麼厚的臉皮敢在他人面前大剌剌脫光。不過，醜陋的當然不只是我，百分之九十九的人類都是瑕疵品。我始終相信，人類不是因為失去毛髮才發明衣服，而是因為自覺裸體的醜陋，試圖用衣服遮掩，所以毛髮退化了（明知事實正好相反，我還是如此堅信）。不過人們忍受他人的視線活下來，是因為期待人眼的不正確和錯覺。有時還費盡心思盡量穿上相似的衣服，剪成相似的髮型，刻意與他人難以分辨。一心以為只要自己不投以露骨的視線，對方應該也不好意思看自己，就這樣垂著眼過日子。所以古時候還有「遊街示眾」這種刑罰，因為太殘酷，到了文明社會已經廢止了。「窺視」這個行為，之所以被一般大眾以輕蔑的眼光看待，也是因為自己不想淪為被看的那一方吧。不得不讓別人看時，通常會要求相應的補償。就像戲劇或電影也是，通常都是看的人付錢，被看的人收錢。

不管是誰，比起被人看，更想看別人。收音機或電視這種窺視工具，之所以無限暢銷，不正是百分之九十九的人類對自己的醜陋有所自覺的最好證據嗎？而我，主動變成四眼田雞，成天泡在脫衣舞場，拜攝影家為師……之後，成為箱男，不過是極為自然地多走了一步。

（再次用紅筆在欄外註解——暴露症的存在，和筆者認為視姦是人類普遍傾向的主張，不見得是矛盾的。暴露症往往被誤解為是無法靠正常性行為得到滿足的過剩性欲，但是實際上反而多半是被壓抑過度的性表現。比方說，某病人曾告白如下。暴露行為有效的首要條件，就是對象必須是陌生異性。第二，必須和對方保持一定的距離，不能因過於接近而破壞觀看與被看的關係。第三，彼此不可識別長相。至於符合以上三項條件的具體地點，病人舉出女子宿舍樹木蓊鬱的中庭。這種傾向顯示出，病人對一般異性雖抱有強烈興趣，對於實際存在的個別異性，卻抱有病態的羞恥。如果借用筆者的論調，那是對醜陋的自覺。此外，病人也表示，為了透過暴露行為達到高潮，必須想像對方看到自己的性器之後受到性刺激。對方如果表現出明顯的厭惡會很掃興，如果表現出強烈的好奇心也會很氣憤。唯有對方假裝視而不見，才有最大的刺激效果。這顯然是希望對方成為視姦者，參與自己的暴露行為。暴露症，正是映在鏡中的視姦行為。）

「你真是優柔寡斷的男人。」假箱男繃緊嗓子用僵硬的喉音急促說道。「都開出這麼好的條件了……你到底還想怎樣……如果是我，早就二話不說立刻答應了。」

「那是因為你很礙眼。」

「原來如此……」

「關於箱男，我自己親身體驗過，所以自認比你了解更多。社會之所以漠視箱男，是因為不知道箱中是誰。可是你的身份已經擺明了很清楚。就連你窺視的眼神我都知道是什麼樣子。我不喜歡這樣。我討厭被人盯著瞧。」

「所以我不是付了五萬圓嗎？」

「看別人倒是很習慣，但是被人看，我還不習慣……」

假箱男緩緩搖晃。大幅向前傾斜後，以意想不到的輕盈站起來。紙箱背面和牆壁摩擦，發出乾燥的瓦楞紙特有的廉價聲響。到頭來假貨就是假貨。無法和長期使用過的真紙箱相比。

「閒聊就到此為止吧。」假箱男用力站穩，發出不合時宜的快活嗓音。小腿毛很顯眼，光溜溜的腿很白且肌肉糾結。他難道沒穿褲子？「有時就算自以為沒食慾，一旦東西到了嘴裡，還是很能吃。」然後，他呼喚她的名字，「妳不如就脫光給人家看看吧？」

我很狼狽。比起突然要求她裸體，聽見她被人以固有名詞稱呼，或許更讓我困惑。甚至就連此刻要寫出她的名字都猶豫不決。這讓我再次痛切感到，她對我而言，是多麼無可取代的存在。哪怕是偶然，畢竟是好不容易遇見的唯一一名異性，沒有其他的對象可以比較，所以只用能夠區別性別的代名詞就足夠了。

「現在立刻脫？」

她反問的聲音，並沒有不服的意味。甚至沒有流露訝異。就像用塗抹乳液的手掌撫摸雞蛋底部那樣順暢。如此看來，她說不定真的會脫光。我很狼狽，而且始終沒開口。因為我的嘴唇發麻，什麼話都說不出。

「妳應該無所謂吧？」

「是無所謂啦……」

二人的對話簡短像在談公事。

「那附近，應該有火柴吧？」

在假箱男的催促下，她側身穿過我面前，橫越房間。步伐宛如小型精密儀器，令人完全不覺得浪費精力。她從白制服口袋取出火柴盒，用指尖彈進假紙箱的窺窗。忽然飄來她的香氣。很像我在海岸聞到花生田吹來的風。心臟的表面泛起漣漪。那是我對假箱男的嫉妒嗎？她轉身回到原來的位置後，立刻動手解開白制服的鈕扣。解第二顆鈕扣時，她輕飄飄看我一眼。那種視線異常輕盈——彷彿可以就此在空中漂浮半日——我不僅沒有撇開眼迴避，甚至沒有眨眼（這點很重要，如果是被她看著，就算再怎麼看，幾乎都不覺得被看）。她的表情一亮。眉頭微展，咬濕的下唇，從齒間露出。那是徹底敞開的表情。是為我開啟的門扉嗎？接著是第三顆鈕扣。然後是第四顆。如果，她是認真地打算了解我……如果她打算用昨晚對假箱男擺出的姿勢接納我……就算沒有箱子，的確也已無所謂。沒有醜陋需要遮掩的人，想必也看不見他人的醜陋。箱男若是專門的「窺視者」，那她就是天生的「被窺視者」（唯一在意的，是和那樣的她每天耳鬢廝磨的醫生，怎麼會產生非要鑽進紙箱裡的心態）。然後，終於到了最後一顆鈕扣。

幸好，她的白制服底下並非一絲不掛，我終於找回鎮定。橘色絲質襯衫緊貼肌膚。上面有一排同色的小鈕扣宛如草籽。土黃色短裙的腰側有三顆直徑應有二公分的黑色鈕扣。箱中響起擦火柴的聲音。我之前認定她膚色白皙，但是和裙子的顏色對比之下，或許她應該算是有點黑。但是搭在那裙子鈕扣上的手指，的確很白皙。到底何者為真，我這樣眼睜睜看著竟然糊塗了。本來已放在裙子上的手指遲疑了，改變主意，移向襯衫上的草籽。對，當然該從襯衫那邊開始。其實我也希望能爭取到更多時間。開始飄出菸味。如果只有上週遇見的那個她——像嬰兒一樣不知懷疑，如同強力萬能淨化器能夠抹除所有缺憾的她——或許還有可能在哪邂逅吧。昨夜窺見的她——像盲女一樣，對他人的醜陋寬大為懷，能夠像酒精或麻藥令人忘記自卑感，彷彿慾望解放器的她——想必也遲早還有機會遇見。可是，當這二者合為一個人格時，就連此刻真實存在，我都難以置信。不過，關於她，我還了解不多，不足以陳述批判性的意見。只是，對右眼而言，關於左眼的知識，能派上什麼用場呢？最重要的是，就算不刻意去想也能注目一個東西，彼此信賴，極為自然地共享關心。第三顆草籽鈕扣被解開。襯衫下面似乎光溜溜。明明有菸味，卻看不見煙霧。不能用那種方式抽菸。不然煙立刻就會一股腦從紙箱縫隙和窺窗的角落噴出，箱中會佈滿煙霧連眼睛都睜不開。

「你也差不多可以準備了吧。」假箱男得意地說。「至於她……瞧，她壓根沒把我當成問題。」

她一邊解開第五顆鈕扣，微微笑了。是那種卡了一下似的笑法。草籽還剩七顆。

「如果想拍照就拍沒關係喔。」

她出其不意說。之前我和她約定的的確是要讓她當模特兒。就算她脫光了，我也用不著一起脫光。要脫也行，但是沒必要現在立刻脫。看來我是白擔心一場。為了掩飾尷尬，我把手伸向裝相機的（脫衣籃內的）布袋，隨即又勉強打住。此時此刻如果拿起相機，就表示默認和假箱男共同生活。比起裸體，或許好一點，但到頭來還是等於交出私人房間的備用鑰匙。

「可是，這個背景太肅殺了吧……」

她解開第七顆鈕扣，一邊扭轉上半身，環視後方的牆壁。襯衫的胸口敞開，露出胸罩。暗灰色的胸罩，像橄欖球那樣綴有放射狀縫線。背景或許的確肅殺。玻璃櫃內陳列著消毒過的器具。極端狹窄的診療用躺椅。被細小虎爪形金屬支撐的琺瑯臉盆。還有，很像牙醫用的椅子，感覺卻有點不同，有點令人毛骨悚然的機械椅。所以才有趣。這種組合，帶有地獄圖似的情色主義。這下子如果有充足的底片，太陽再稍微向南一點，我肯定無法壓抑按快門的誘惑吧。

「要不然，互換地點也行，我過去你那邊……」假箱男好像覺得給了我天大的恩惠。

「那反而不行，因為會逆光。」

沉默，沉默……這時如果開口就輸了……她的手指搭在第九顆鈕扣上，只剩三顆就可以脫下襯衫……

「不過，如你所見，比起攝影，或許期待更直接的行動吧。」那是虛偽的爽朗。假箱男試圖用饒舌來填補我的沉默即將開啟的縫隙。「至於我自己，嚴格說來也贊成那個選擇。什麼對她提不起興趣之類的漂亮話就別說了。反正區區幾張照片隨時可以拍攝，這不是等於緊要關頭才喊停吊胃口嗎？如果是介意我，那你大可放心。我早已放棄權利了。算來已經有一年了吧。起先就是因為她來墮胎，我們才會認識。手術做完之後，她說沒有錢，願意替我工作來償還。看著她那天真無邪的臉蛋……我很驚訝……不過，這種時候，我倒是很快就做出判斷。我理所當然沒問對方那個男人的名字，也沒問她的身世。漠視她的過去，才能夠留住她。」

「如果醫生問了，我應該會回答。」

「倒也不是刻意不問。」

「不過，醫生沒有追問，我很高興。」

「原來的護士小姐很不高興。她說妳一定是小太妹、壞女人。」

「實際上你到底是怎麼想的？」

「起初，我覺得妳大概很不信任別人。接著，我又覺得妳也許太相信人了。妳事事都太衝動。而且，當妳挨罵時，就同樣輕易地道歉。似乎深信只要道歉就能抵銷任何罪過。」

「我給你添了那麼多麻煩？」她的手指，放在最後一顆鈕扣上。

「不，扯平了。起初我沒有追問妳的過去，如今想想也是一種不可小覷的直覺。如果是妳，就算走在剛落下的雪上，也能不留足跡順利逃走。」

她微微嘟起的嘴唇前端，發出短促的笑聲，把鈕扣全部解開的襯衫下襬從裙子拽出，延續脫衣的動作任指尖滑過，拎起襯衫扔到診療桌邊。扭腰時在腰間擠出幾條細小皺摺，看起來其實不瘦，但是皮下脂肪似乎很薄。那讓人聯想到什麼呢？對了，是擦拭鏡片用的小羊鞣皮那種觸感。

「可是，我們不是相處得還算愉快？」

「簡直太愉快了。」假箱男自嘲地用帶著鼻音的腔調說，「不過，我還真是得意忘形啊，自以為那是因為我有足夠的力量挽留她……真是的，自以為能誘惑別人，還每天早晚特地刮二次鬍子……更何況，本來不是來墮胎的病人與醫生的關係嗎，就像要討論院子裡的無花果熟了沒有似的，可以直接拿她的外陰部和子宮當話題……還有，妳就像牛頓的蘋果，萬有引力法則。搞得之前的護士也很快辭職求去……」

（欄外寫了紅字，這一行有插入的箭頭。

「我不知道那個人居然是你老婆……」

「就算知道也一樣。那婆娘也對自己的角色厭煩了。」）

「我很討厭看到別人受傷。」

「那可不見得吧。我記得有一次曾經問過妳。如果地球確定會毀滅，妳是否願意與我共度最後一瞬間。妳的回答是，可以的話妳想獨自看看海……」

「騙人。我明明應該是說，我想在熱鬧的場所……比方說車站、百貨公司那種地方……盡量和一大群人在一起。」

「反正都差不多。」

「我不相信地球會那麼輕易毀滅。」

「總之，該付的妳都付清了。已經一毛錢也不欠我了……」

土黃色的裙子滑落她的腳下。她的左腳跨過裙子，將裙子掛在右腳尖上，輕輕朝半空踢起。裙子以意外沉悶的動作落到診療用躺椅前的地板上。鈕扣相撞，發出踩到小貝殼般的聲音。淺藍色內褲勒進腰部，小得難以置信。她微微屈膝，手心貼在大腿外側。那個姿勢很像要跳水，不過感覺更滑稽。她的每個動作，都在空間形成一條條摺痕，造成光影明暗，產生流動，刻劃出另一個世界。就像是突然鼻塞感冒，襲來一股哀愁。一切對我而言，都是前所未見，或許是一種嫉妒。

「等一下。」她的手指，放在內褲的鬆緊帶時，被假箱男打斷了。她的視線越過我的頭，像要觀測什麼遠方，就此停止動作。

「你根本沒有仔細看她嘛。枉費她特地為你脫衣。你應該好好用眼睛去觸摸似地仔細看。你聽說過捏麵人嗎？她的脖子到手臂的感覺……不就有點像麵團將要硬化前，倏然拉長的動態？不過，我最喜歡的，還是從胴體的收縮到腰部逐漸隆起的弧形。好像在哪還保有一丁點少女時代的舊殼，沒有完全蛻變……」

「如果說我最在意哪裡，那就是腿……」我說完後，突然下顎僵硬，牙齒打架。眼珠沉重，無法抬高視線直視她的臉。此刻，她作何表情呢？但我覺得最可疑的，是紙箱沒有冒出香菸的煙霧，假箱男也毫無咳嗽的跡象。「可是，我不懂，有的腿形狀好看，有的難看……就像被迫閱讀陌生的外文……為什麼會這樣在意腿，自己都覺得不可思議。」

「那當然是因為離生殖器最近。」

「不對。如果只是那樣，任何腿不是都一樣？說不定，是和逃跑有關吧。逃得特別快的腿，令人忍不住想追逐……」

「這是穿鑿附會。她不僅沒有逃，甚至在等待。那我告訴你吧，總之距離太遠了。如果不多跨出半步，連頭都抬不起來。為何無法踏出那半步，且讓我告訴你原因。」假箱男再次打起精神，離開牆邊，移動到和我與她之間這條線當底邊構成的等邊三角形頂點的位置。「無論是魚、鳥、野獸，交配之前都有奇妙的求愛儀式。根據專家的說法，那似乎是變相的威嚇或攻擊。換言之，生物各有地盤，對於越界的侵入者，會本能地做出攻擊反應。可是，如果不管對方是誰一味攻擊，就無法配對成雙。交配是一種皮膚接觸，必須在哪突破界限，打開一扇門才能成立。乍看之下貌似攻擊，實則略有不同，會產生一種技術，用不按常理出牌的動作和舉止，混淆對方的防衛本能令對方掉以輕心。人類也一樣。嘴上說什麼喜歡，其實只不過是用化妝和羽毛裝飾的攻擊本能。不管怎樣，最終目標都還是要突破界限侵犯對方。以我的經驗，人類的那種界線，似乎在半徑二公尺半左右的位置。可以搭訕，也可以用亮晶晶的玻璃珠引誘對方，總之只要穿越那條防線，就等於勝券在握。這麼近的距離，反而難以識破敵人的真面目。有用的，只剩下觸覺和嗅覺。」

「到頭來，你究竟想說什麼？」

「只要再上前半步，你就要踩到那條防線了。」

「所以呢？」

「你真是拖拖拉拉的傢伙。好不容易逼她發行了那條防線的自由通行證。只要再向前半步，她就會要求你出示那張通行證。當然那是免費入場券。想當然耳，也等於同時放棄了討回紙箱的資格和藉口。而你害怕承認那點。所以你在拖延時間。也因此，她如你所見動彈不得。因為你封印了時鐘。」

被他這麼一說，的確沒錯。她的手指搭在內褲鬆緊帶上一副要脫不脫的架勢，幾乎沒動過。本來越過我的腦袋徘徊空中似乎在搜尋什麼的雙眼，也像假眼一樣瞪著不動。

「這是怎麼回事？」

「討厭新聞的沒有壞人嗎……」假箱男沒把話說完，冷哼一聲。「如此不相信變化的你，豈不是自相矛盾。居然害怕自己的心願實現，乾脆封印時鐘……」

「我哪有那種本領。」

「我曾看過一個故事，男人把戀人做成標本一起生活。比起活生生的戀人，做成標本後更有奉獻精神也更誠實，而且據說也更能激發肉慾。」

「可惜我沒那種癖好。」

「那正好。結論不是已經出來了嗎？總之，這下子至少可以確定，你並不想從紙箱出來。」

「我不是說我已經把紙箱處理掉了。」

「……那我倒要問你，此時此刻，你在哪裡，正在做什麼？」

「如你所見，在這裡，跟你講話啊。」

「原來如此……如此說來，這本筆記本，到底是誰在哪寫的？不是某人在箱中藉著海水浴場脫衣間的燈泡寫的嗎？」

「這個話題彼此都別提了吧。如果要說那個，就等於你們承認自己只不過是我的幻想產物。」

「那可不見得。」

「這點毋庸置疑。」

「的確，真實存在的人物或許只有一個。就是現在繼續寫這個紀錄的某人……一切，都只不過是那個某人的自言自語。這點你想必也不得不承認吧。照這樣下去，那個某人，為了拚命抓住箱子不放，或許打算永遠這樣寫下去吧。」

「你想太多了。我只不過是在等內衣晾乾。等內衣一乾，就會立刻出發。或許是因為洗澡洗得太乾淨，冷風陣陣滲入骨髓。所以我只是暫時窩在箱子裡避風罷了。就連這種筆記，也沒有絲毫留戀。甚至現在就在這一行停筆也行……」

「等內衣乾了，你真的打算來見我們？」

「說是要準備，其實也只不過是整理本就少得可憐的隨身行李。嚴格說來，離開箱子絕對必要的東西……只有一個……如果沒有那個，就不可能離開箱子……你猜到了嗎……是長褲啦，長褲……只要穿著褲子，就能設法混入世人之間……即使打赤腳，光著上半身，只要有穿褲子就沒關係……反之，即使穿著新鞋和高級上衣，如果沒穿褲子走在街頭，還是會引起騷動吧。所謂文明社會，其實就是一種褲子社會。幸好，為了這次這樣的場合，我早就準備了一條新褲子。上週去包紮傷口時，是我第一次穿。只要把它當成紙箱頭頂的墊子，就不會佔地方。另外，就是作為生財道具的全套攝影器材……其他的東西，就沒啥值得一提了。與其為了那些東西費事，直接扔掉也不可惜。不，也用不著扔掉吧。只要轉讓給你就好。盥洗用具、安全刮鬍刀的刀片、火柴、紙杯、耳塞、保溫瓶、汽車後照鏡、防水膠帶……止瀉藥、眼藥水、紅藥水這些東西是你的專長所以姑且不提……從《現代裸體攝影傑作集・第二卷》剪下的六張照片、看那些照片用的筒子……至於使用方法，你一用就知道……另外，還有手電筒、原子筆、以及塑膠板、鐵絲圈等，一些無從命名的日用品類……好像都是不值錢的破玩意，但親身體驗過紙箱生活的我敢保證，這是絕對需要且足夠的生活用品。我不是要強調給了你多大的人情，但我認為對於新手箱男來說這絕對是最好的餞別禮物。還有，起初或許還是帶著小型收音機比較好。如果像我這樣對新聞中毒已完全免疫也就算了，但在習慣之前，還是會有難以抗拒的孤獨感週期性來襲……」

「說真的，你洗的衣服，到底什麼時候才會乾？」

「等雨停吧，空氣很潮濕呢。不過已經半乾了，等天亮之後，只要風向改變，應該馬上就會乾。」

「如此說來，你那邊還很暗？」

「現在水平線那一帶，瞧，有東西在發亮。應該是捕魷魚的漁船回來了。正好已到那個時間。馬上就要天亮了。」

「半乾也沒關係，你就別挑三揀四了，趕緊穿上吧。就算是尿濕的內褲，將就著穿久了，不也會自然乾燥嗎。如果不抓緊時間，我這邊都快要等得不耐煩了。」

「好像快感冒了。或許是因為睡眠不足，只有腳發燙，身體發冷……如果把腳埋在沙中，倒是很舒服……可是好冷……大概是我洗澡洗太久了。上週去你那邊時，傷口不是很痛嗎，也沒辦法太仔細地洗乾淨，可是這次我想一定要把三年來的污垢徹底洗去……用掉了整整一大塊新肥皂呢。真想給你看一下我特製的肥皂……是我閒著無聊做的……或者該說，做手工比較容易集中精神，因為這星期要想的事情太多了……我本來想雕刻成女人的胴體。純粹只是女人的胴體……要做得像她，已經完全超出我的能力。不過，我把鼻毛插在兩腿之間後，還挺寫實的，老實說，看起來不像女人更像青蛙。不過，形狀姑且不論，那可是有牌子的正品貨，品質沒問題。我先沖水打濕全身，抹了大量的肥皂，用內褲當毛巾搓身子。接著用指甲狠狠抓得全身發疼，再用水沖乾淨。這樣重複四次，洗澡水總算從黑色變白了。頭髮也是洗到第四次總算開始搓出泡沫。可是錯就錯在之後。我原先期待的，是耗費時間洗去油垢後，用手指搓乾淨的玻璃杯那種感覺……可我失望了……後來肥皂小到不能用了，手臂也瘦得抬不起來，全身好像被剝掉一層皮，火辣辣地刺痛……我都快吐了……總之那可是累積三年的污垢，或許我本來就不該妄想用一塊肥皂就能解決……或許我只剩下骨頭，整個人都已徹底變成污垢了……我失落地癱倒在沙地上，這時頭上傳來好似砂石車落下的聲音。說穿了很簡單，是抽水馬達聲。傷腦筋，原來是直接在海岸挖出來的鹹井水，難怪我就算再用三年時間刮到骨子裡，也洗不乾淨污垢……」

「說累的人，和聽累的人，不知哪一方會先投降……」

「對喔，我終於知道你的真面目了。我一直在奇怪，如果你只是我幻想的人物，說話未免太霸道。就算不是幻想人物，當然也不會因此比較高級。包括你們在內，那個診療室本身，都是我紙箱的塗鴉。純粹只是塗鴉。以你的紙箱看來或許無法想像，但那就是真貨和假貨的區別。現在我這樣四處眺望只限一人的密室……誰都無法窺視，所以誰也無法模仿我私下的那一面……被三年來的汗水和嘆息弄皺的紙箱內壁，密密麻麻寫滿的塗鴉集……這就是我的履歷表……有我用來收集食物用的街道簡略地圖，也有這本筆記用的備忘錄……另外，還有我自己都不大了解的圖形和數字……需要的東西，全都在這裡一應俱全了。」

「現在你的錶幾點？」

「快五點了……還差八分鐘……」

「你在那裡開始書寫時，應該是三點十八分吧。真是詭異的手錶。這樣算來才經過一小時又三十四分鐘。」

「為了你好，最好記住那只不過是我的塗鴉。你說我對紙箱依依不捨？正如忠告，一旦處理掉箱子，你和塗鴉都會消失。」

「看來你也挺樂觀的。」

「拜你所賜，現在也有嚴重的自我厭惡。」

「你知道嗎，我數了一下筆記的頁數，總共有五十九頁。一小時三十四分的時間，寫了五十九頁……不管怎麼想，應該都不可能……所以我不是警告過好幾次了，你太饒舌了。你不妨回想一下過去的經驗。一個小時平均寫幾頁？平均起來連一頁都不到。就算寫得最順手時，也頂多不超過四頁。而且，那還是寫得相當潦草的情況下。」

「其實還有寫更多的時候。」

「好吧，那就折衷一下，按照一小時五頁來計算吧。五十九頁除以五，得出十一，還剩四……十一小時又五十分啊……這一頁也快寫完了，所以就算你十二小時也行。而且，是不吃不喝一直埋頭寫才湊足十二小時。開始動筆的時間如果是凌晨三點，現在絕對不可能早於下午三點。」

「我要先聲明，這是我的筆記。要怎麼寫都是我的自由吧。」

「視狀況而定，或許沒錯。比方說，不知出於什麼用意，你完全是亂寫時。或者，你失去意識昏迷的期間，超過二十四小時以上時。再不然，也可能是天崩地裂，地球的自轉出了問題時。不過，如果要這麼說，趁這機會也可以成立截然不同的假設。不是嗎？這本筆記的作者，完全沒必要認定是你。就算是你以外的某人來當作者，也毫無影響。」

「別強詞奪理了。現在擺明了就是我在寫。在瀰漫海水味的黑暗海岸。緊挨著頭上的，是脫衣間骯髒的電燈泡，上面有一大堆小蟲子如煙霧蜂擁而至。當小蟲不小心墜落紙箱上，就會發出雨滴的聲音，讓我知道蟲子比我以為的大。現在我叼著香菸……點燃火柴……火焰照亮我的裸膝……我把菸頭的火星靠近膝蓋……可以感到熱氣……這一切，都是無庸置疑的現實。如果此刻我停止書寫，接下來的一字一句都不可能出現。」

「……可是，也許是另一人，在另一個場所寫的。」

「誰？」

「比方說，是我也行。」

「你？」

「對，也許是我在書寫。也許是我一邊想像著那個邊想像我邊寫字的你，一邊繼續在寫這本筆記。」

「為了什麼目的？」

「為了告發箱男，讓人留下箱男確實存在的印象吧。」

「那是反效果吧。如果你是作者，箱男不就變成純屬幻想的產物了。」

「那麼，也或許是為了證明箱男的無辜，想讓人留下箱男不存在的印象。」

「原來如此，我早有預感，猜到或許是這麼一回事。不過，就算你玩弄再多小伎倆，終究只是白費力氣。因為我有明確的東西當證據。是的，或許在進行談判前，我就應該先警告你這點。如果知道我並非空手而來，你想必也不敢做出那種輕率之舉……不，我當然不打算用那個證據做壞事，如果有那種打算，我早就做了……只要你對談判表現出誠意就夠了。證物事後可以全部交給你。」

「謝謝你的好意，但你到底在暗示什麼，我完全摸不著頭緒。」

「拜託。我本就睡眠不足腦子發暈了。既然如此我就直說吧。用空氣槍瞄準我的，不知是誰來著。我可是已經鎖定可疑人選了。」

「這附近有空氣槍的人多得是。因為黃鼠狼好像經常危害雞舍。」她突然又重複同樣的說詞。雖然有點阻澀不順，不過時間好像總算恢復流動了。我不想傷害她，卻唯獨無法原諒她袒護假箱男。

「很遺憾，我的證據也不容置疑。被擊中的瞬間，基於職業病，我立刻按下快門。當天就把照片沖洗出來了。拍得很清楚喔。雖然拍到的只是那人把空氣槍夾在身側，扭過身躲躲藏藏倉皇逃上坡道的背影。無論是髮型，配合駝背的體型訂做的衣服，以高級布料而言格外顯眼的長褲皺痕，還有特徵明顯的無後跟皮鞋……」之後我用更隨意的語氣，只對她一個人發話，「不妨來玩一下推理遊戲吧。可以不用太在意他人眼光的髮型，經濟環境優渥，有很多機會屈膝而坐，經常穿脫鞋子的職業……如果是妳會想到什麼？……這個問題應該不難吧，任誰都會立刻想到出診的醫生。而且啊，我拍到的那條坡道，就和這下面的醬油工廠並排……」

這時，事態突然急轉直下。假箱男——之前就像長了腳的廢紙簍，只是無害地面無表情杵著的假箱男——笨拙地發出噪音，開始晃動紙箱。窺窗的塑膠布分開，從中伸出一根長棍。是空氣槍。槍頭瞄準我的左眼。

「別鬧了……」我用開玩笑的輕快語調輕鬆帶過，「我好像有點尖端恐懼症，最怕那種玩意了……」

「把那卷底片交出來。」

「我怎麼可能帶來這裡。那可是保障我的平等發言權的唯一一張底牌。」

「去搜他的身！」假箱男尖聲催促她。

她踟躕不前。懇求似地仰望我。雙手在胸前交疊，像要拎起領口，一邊把重心向前移。於是，熨燙平整的白制服（她是什麼時候穿上的？）前襟大幅敞開。她只扣了最上面那顆鈕扣。白制服底下一絲不掛。雖然多少已有預期，我還是大受衝擊。

白制服底下的裸體，比普通的裸體感覺更赤裸。白制服不再是白制服，變成活人獻祭的禮服。均等受到內壓、充滿張力的曲面，像不知如何操控的機器一樣充滿挑逗。只有尖細的下顎和下腹的渾圓，不搭調地顯得孩子氣。我在腦中四處搜尋。就像別人的皮包裡一樣混亂到極點。她的左腳向前，試圖支撐傾斜的重心。視野頓時縮小，變得充滿戰鬥意識。連自己也不清楚理由。

「免了，我自己來，用不著麻煩妳。」我把門旁的脫衣籃倒扣，打開那個登山用帆布袋（或許是美軍的淘汰品）袋口，從中拽出鱷魚布偶。「對我來說，光是能夠發現你們心裡有鬼，就已經很走運了。難怪我一直覺得怎麼會有這麼好的事……」

取出的布偶，長度不到四十五公分，身體寬十六公分，張大的嘴巴是紅色的，背上的尖起和手腳前端是淺褐色，眼珠和牙齒是白色塑膠，是每個部位各自塗色的綠色鱷魚布偶。看到這個過於天真無邪的布偶，想必任何人都會放鬆戒心。除非有幼兒恐懼症，否則小孩的玩具多半都會讓大人喪失戰意。當然，這並非普通布偶。這是精心計算過心理反應後，由我發明的黑傑克。不是那種撲克牌遊戲，是因為黑手黨和祕密警察愛用而出名的那種兇器黑傑克。我平時把填塞的木屑和海綿掏出來，只隨身攜帶外袋，但今早冥冥之中有所直覺，事先裝填了海岸的沙子。即使只是拎著尾巴輕輕一揮，都能感受到沉甸甸的威力。如果隨手一敲，肯定連頭蓋骨都會凹陷。但我當然不會那樣激動地展開攻擊。幾乎不留外傷又能給予致命的打擊，就是黑傑克的優點。使用後，只要拉開布偶腹部的拉鍊，把沙子撒到院子裡就行了。不管發生什麼事，至少沒人會把布偶的套子當成兇器看待吧。

話說，我不情願地作勢要把那個鱷魚布偶遞給假箱男，實則由下而上對準長筒前端砸過去。從那速度難以想像有如此破壞力。槍身卡進窺窗的上緣，紙箱彈起。遭我突襲的醫生，發出惱怒的尖叫。同時，也響起釘子陷入腳踏車輪胎的那種發射聲。子彈對著天花板飛去，但我沒聽見擊中的聲音。我伸手奪槍。醫生也不甘示弱，從窺窗伸出手臂。他用意外強大的握力，把我的右頰像麻糬一樣拽住。我將鱷魚沙袋砸向對方的小腿。頓時響起斧頭卡進樹幹似的沉重悶響。醫生慘叫縮手。那種彷彿混合了啊噫嗚唉喔的慘叫聲，令我冒汗。我本想隔著紙箱敲他的頭叫他閉嘴，卻有點猶豫。因為我不想弄壞紙箱。接著我稍微手下留情（我怕他用骨折當藉口賴著不走）朝他的小腿連打幾下，醫生在紙箱中縮起身子，又變回原先的廢紙簍了。連停水中的水管那種聲音都沒有時，實在難以想像裡面躲了一個人。我頭一次不帶任何情緒地看紙箱。窗口照入上午十點的淡淡陽光，將石灰牆的白色映得水溶溶洋溢室內，紙箱在那之中看似挖出來的洞。

雖然現在也這樣繼續寫筆記，但如果不是我（我不得不認同假箱男指出的時間上的矛盾），不管作者是誰，故事恐怕都會出現荒謬的進展。到此地步，下一幕也只有一種可能了。我轉頭看她。到那時，作者打算讓她採取什麼樣的態度呢？根據她的反應，我放棄紙箱之後得到什麼又失去什麼，將會不容分說出現結論。比方說，她會任由白制服的扣子敞開迎接我，還是會重新扣好扣子呢……不，用衣服扣子做標準並不適當……也許她只是一時心慌忘記扣上，反之，也可能是她不願省略解開扣子這個儀式，想用鄭重的心情接納我，於是先把扣子扣好。這樣待在二公尺半的防線外，的確似乎更容易讀取對方的表情。如果她緊張的表情中稍微透出難掩安心的跡象，那表示她與醫生本就各懷鬼胎，我算是救她逃離醫生的蠻橫與束縛，反之如果她異常畏懼，那就表示二人打從一開始便串通好了，我等於驚險逃出虎口……

還是別想了吧。反正不管怎樣，都太可笑了。不幸的是，與其說情節狗屁不通，毋寧是太過通順了。所謂的真相，就像缺了很多塊的拼圖，本該是更片段、到處都有跳躍性發展的東西。既然我或許不是我，那我又何必非得讓自己活下去。恕我嘮叨重申，箱男是理想的被殺者。如果我是醫生，早就給他喝一杯紅茶了。基於職業關係，在紅茶裡放一滴毒藥想必輕而易舉。抑或……說不定……我早已喝下了那杯紅茶？或許吧。大有可能。的確找不出任何證據足以證明我還活著。

供述書

以下敘述，皆為真話。關於T海岸公園內被打上岸的橫死屍體，在警方的詢問下，我毫無隱瞞，純屬自發性地詳細說明。

姓名　C
本籍　（略）
職業　實習醫生（男護士）
出生日期　昭和元年三月七日

C是我的本名，在保健所登記並且在診療時使用的姓名，是戰時我以衛生兵的身分從軍時，上司軍醫大人的名字，我在徵得他本人同意後借用。

過去我沒有受過懲役或判刑，也從來沒有被警方或檢方視為嫌疑人接受調查。

我以前沒做過公務員，沒有領過勳章或撫卹金、補助款。

我還是單身，不過若要詳述家人，到去年為止本與女友「奈奈」同居，「奈奈」當護士，協助我打理家業，也監管所有會計作業。「奈奈」本來是我從事醫療行為時借用姓名戶籍的那位軍醫大人之妻，她與我同居，也是經過軍醫大人的同意與諒解，並未因這點發生過糾紛。我與「奈奈」之間，過去也沒有太大的爭執，但是去年，我雇用了新的實習護士「戶山葉子」後，她為此不滿要求分居，我也同意了，直到現在。

戰時，我以衛生兵的身分從軍，根據當時的經驗給病人診療，病人對我的評價也很好。我沒有仰仗過擁有正規執照的軍醫大人給什麼指示或支援。拿手的技術，是盲腸炎手術之類，主要在外科方面。關於違法的不當診療，若說我有錯，就是冒用他人之名，對此我深自反省，也保證今後絕對不再從事任何醫療行為，藉此向世人道歉。

話說回來，關於警方詢問的橫死屍體……

C的例子

此刻，你在書寫。

比方說，想必室內只剩辦公桌的檯燈，一片昏暗。此刻，你正好從寫到一半的供述書抬起頭，深呼一口氣。你保持那個姿勢，脖子轉向斜右方，頓時有一縷光線掠過桌子右端。那是從房門下方透入的走廊燈光。如果有人經過，影子就會不容分說地刻畫在那條線上。而你等待。七、八秒之後……什麼動靜也沒發現。

層層刷上的油漆，也無法掩蓋表面的傷痕，白色的房門看起來年歲久遠。你努力試圖看穿那扇門，一邊左思右想。此刻催促自己注意的那個動靜，究竟是什麼？是錯覺嗎？不，你確實聽到了，就是那個聲音……方位錯了……你朝窗邊轉頭。靠牆放著一張床，上面有個完全仿照箱男製成的瓦楞紙行動住宅。是真正的箱男終於願意來了嗎？不，若說是腳步聲，未免太細碎。也不是狗。八成又是那隻雞。那隻雞不知幾時學會了夜遊，是有點詭異的「母雞」。每晚都在那附近打轉找東西吃。夜行性的雞，不知該算是罕有還是普通。這隻雞幾乎可以獨吞夜間安心爬出來的蟲子，照理說應該營養充足，可是牠的毛色難看，瘦骨嶙峋。或許一旦擁有過於異常的能力，就得付出意想不到的代價（此刻，你似乎從中學到教訓）。

你把啤酒杯送到嘴邊。只是稍微沾濕舌尖就打住。啤酒已經完全走氣，難以下嘶。你坐在這裡已經超過四小時了。九月眼看進入尾聲，天氣卻還如此悶熱。你用酒精棉按住髮際線流淌的汗水，用口水濕潤黏住的雙唇，但是這時不能開電扇或冷氣。因為你怕錯過任何腳步聲。你現在變得疑心很重。

桌上，墊著厚重的玻璃板。玻璃板上，是沒寫完的供述書。是關於一起尚未發生，今後也不知是否會發生的事件的供述書。你把它推到一旁，轉而翻開一本筆記。對開大小，橙色直行格線……這倒是意外，沒想到你連筆記本都準備了跟我一模一樣的。你用不確定的手勢翻開封面。第一頁，是以下列文章開始。

「這是關於箱男的紀錄。

現在，我是在箱中開始寫這份紀錄。在從頭籠罩足以容納整個上半身的紙箱中。

換言之，目前，箱男也就是我。」

跳過十幾頁，又翻開一頁。拿著原子筆，擺出寫作的架勢，但是念頭一轉看手錶。還差九分鐘就是午夜零點了。九月最後一個星期六即將結束。拿著筆記本和筆，起身離開座位。走向床鋪。把箱子倒向斜對面，從後面鑽進箱子。就這樣頂著箱子在床邊坐下。似乎已相當習慣進出箱子。調整箱子的角度，讓窺窗面對桌子的檯燈。但是這個亮度用來寫筆記還太暗。打開吊在窺窗上方的手電筒。用隨身攜帶的塑膠板代替桌面，開始寫筆記。

「事件概要概略如下。地點在T市，時間是九月最後一個週一……」

看樣子，你似乎打算把什麼都還沒開始的後天當成已經過去的事件來記錄。你在急什麼？抑或，是有強大的自信撐腰？既然想用過去式來制訂行動計劃表，可見早已扣下扳機。彷彿能判讀來福槍包含誤差在內的可預期彈道，你早已看見子彈的落點。我只想盡快看下文。不過，除了「死」之外，我不認為還有如此明確的目標。

你開始書寫。

「……人影寥落的海岸公園外圍，有一具身分不明的屍體被打上岸。這具屍體，頭上罩著包裝用的紙箱，用腰繩綁在身上。想必是最近流浪市內的箱男，不慎墜入運河，被海潮沖到這裡吧。身上沒有其他物品。根據驗屍結果，研判死亡時間約為三十個小時前。」

三十個小時前……你也很大膽啊。假設驗屍的時間是週一清晨吧。倒溯三十個小時的話，正好是現在。最晚也是從現在開始的數小時之內。看來你也下定決心了。你突然合起筆記本，從床鋪滑下，跪在地板上。把前傾的紙箱向後推高。箱子裡的各種機關道具互相撞擊，發出叮哩　啷的聲音。驚慌的你，轉身抱著紙箱。仰起頭，豎耳傾聽牆壁那頭和天花板那頭。畏懼是一把刷子，給你的表情塗上清漆。那似乎是速乾性清漆，臉孔表面出現無數皺紋。你好像過於神經質了。為何不能更實際一點。就算再怎麼用力，也只有該發生的事情會發生。

你對著門，端正姿勢。手肘緊貼身側，併攏的手指輕輕握緊……走三步，渾身脫力。轉身回到桌前。你坐下，抱頭苦思。手肘夾著的筆記本，無聲滑落桌上。就這樣無所事事地度過只有執念的時光。

此刻你凝視的，是桌上厚玻璃板的切口。沒有距離感，不屬於任何地方，只有純粹的青色。是有點發綠的無限遠的青色。那是危險的顏色，充滿逃亡的誘惑。你逐漸沉溺在那青色之中。只要全身沉浸其中，似乎便可永遠泅泳。你想起以前也曾數度受到這青色的誘惑。汽船尾端湧起的青色波浪……廢棄的硫磺礦場積水……宛如果凍狀糖果的青色老鼠藥……漫無目標地等候第一班電車時看見的紫羅蘭色黎明……幫助自殺協會（這麼說如果不好聽，那就稱之為精神性安樂死俱樂部）贈送的愛心眼鏡的有色鏡片。那種鏡片，是熟練的技工小心翼翼拆下嚴冬太陽的薄皮染色而成。只有戴上那種眼鏡的人，能夠看見只去不回的列車的始發車站。

或許，你對紙箱陷入太深了。紙箱原本只不過是一種手段，可你或許快要中毒了。的確，聽說紙箱也是危險青色的源頭。

令乞丐感冒的滂沱大雨的顏色……地下商場拉下鐵捲門的時間的顏色……流當的畢業紀念手錶的顏色……在廚房不鏽鋼流理台上粉碎的嫉妒的顏色……失業後迎來的第一個早晨的顏色……失去用處的身分證的油墨顏色……想自殺的人買的最後一張電影票的顏色……還有匿名、冬眠、安樂死、被那些強鹼性時間腐蝕的孔洞顏色。

然而，只不過將視線移動幾公分，你就已在洞外。就算再怎麼故作凝重，畢竟是假箱男。你，無法放棄扮演你自己。此刻你看到的，是壓在玻璃板下的製藥公司的月曆。中間是以拉丁文警語環繞奶油色希波克拉底圖像的商標，兩側印刷著當月標語，左邊是「**維他命C和可體松製品的季節**」，右邊是「**自律神經失調的SEPTEMBER**」。接著吸引你注視的，想必是左邊角落的紅字。九月最後一個星期天。塞在箱子裡的溺死屍體，預定被打上海岸公園外圍的前一天……明天……不，打從幾分鐘前就已經是今天了。就算故意視而不見，已經印刷上去的字也不會消失。就像你以過去式書寫的預定表。你張開的雙手，正好與肩同寬，放在桌角。對，那樣就對了。只要用手肘支撐，將重心前移，立刻就能站起來。扣下扳機後，縱使再打開保險也已於事無補。

不過話說回來，最礙眼的還是那份沒寫完的供述書。算我求你，離席之前能否把那玩意撕破扔掉？只要事情按照計畫進行，那種東西就毫無用處，再者，事情如果失敗了，也不是那樣幾句漂亮的空話就能解決。

供述書後續

話說回來，關於您詢問的橫死屍體，我敢確定，那就是我借用姓名行醫的那位軍醫大人。稱他軍醫大人，並非基於昔日的階級，是長年來半開玩笑地這麼喊慣了，所以就讓我這樣稱呼吧。這位軍醫大人早有自殺的傾向，我卻掉以輕心未能防患於未然，令我由衷遺憾，也深感後悔。關於此事，我深切期盼能給我一個說明的機會。

戰事結束的前一年，我被分派到某地的野戰醫院，給軍醫大人當助手。當時，軍醫大人熱衷研究如何從木材提煉糖分，因此診療工作大半都由我代為行使。幸好我記性不錯，手也比一般人靈巧，因此在軍醫大人的指導下，連相當複雜的手術也學會了。關於軍醫大人的研究，我必須說，戰時極度欠缺糖分，甜食異常珍貴。若能從木材提煉出糖分，想必會是世界性的大發現。軍醫大人注意到羊會吃以木材為原料的紙張，他認為羊腸內應有足以將纖維素分解為澱粉的活性酵素，因此不分日夜專注於萃取那種酵素。

有一次，不知是羊腸內的細菌造成感染，還是試吃加工木材導致中毒，軍醫大人不幸重病倒下。那是一種怪病，連續三天高燒後，幾乎以三天為週期一再發作伴隨痙攣與精神錯亂的強烈肌肉痛。軍醫大人自認已無藥可醫，其他醫師也都束手無策。後來，我也一有機會就注意各種文獻資料，可是迄今仍不知那究竟是什麼病。

我素來欣賞軍醫大人的人品，因此當時不眠不休地照顧他。他的病情時好時壞始終沒有起色，至今我仍感遺憾的，就是基於軍醫大人自己的要求，同時我也不忍見他痛苦，最後不得不經常給他使用麻藥。到了戰爭結束時，他已經染上藥癮。但我沒有對他見死不救，還是與他一起復員返鄉。

復員後，我協助軍醫大人開了診所，在經營診所的同時也代他看病。但軍醫大人的病情毫無起色，除了看病歷表指示我之外，實際上他已經不可能直接給病人看病了。明知這是違法的醫療行為，卻仍繼續這樣做的原因，既然是您問起，我就一五一十說出來。

首先，為了軍醫大人，必須不斷補充麻藥。現在當然已經沒有上下階級之分，所以我並非被軍醫大人強迫這麼做。是我基於友情的自發行為，我也認為一切該由我自行負責。或許有人懷疑，如果真有友情不是該專心替他治療藥癮嗎？那我想這麼回答：醫師的藥癮和一般病患不同，治療上的困難令人絕望，而且事實上治癒率也幾近於零。明知這是慢性的安樂死，我還是沒有勇氣對軍醫大人見死不救。

第二，我不否認的確是拿軍醫大人的執照當招牌來維持我的生計。但我從沒想過藉著軍醫大人的弱點牟利。會計都由軍醫大人的妻子「奈奈」掌管。不過，後來

「奈奈」和我有了男女關係，而且那是軍醫大人害怕被我拋棄，為了留住我，強迫「奈奈」與我發生關係，迫不得已採取的手段。這種被害妄想症在藥癮末期經常出現。

第三，我的風評漸佳，醫術開始得到肯定，這樣的自覺也是我堅持繼續給病人看病的理由之一。當然社會上並沒有客觀標準能夠正確評價開業醫師的技術。或也因此，我沒有什麼身為冒牌醫師的罪惡感。況且我對醫學逐漸產生濃厚興趣，不斷透過醫學書籍及專業雜誌吸收新知。長達二十年的行醫經驗，和秉持良心的研究精神，令我擁有了超越有無醫師執照的自信。事實上，我也經常接收從其他醫院轉診過來的病患，對那些正牌大學畢業卻習藝不精的醫生不負責任的誤診目瞪口呆。不過，我並不認為我的罪過因此值得原諒。不管基於什麼理由，畢竟是違法的行為。

重大的轉機在第八年降臨。之前都是由軍醫大人出席醫師學會，負責對外接觸，但他異常的言行舉止逐漸引人注目，連我們也開始聽說對他的中傷與誹謗（包括指他發瘋的傳聞）。兼之，診所的麻藥使用量遠超一般平均值，因此遭到有關單位的稽查，我也感到危機，與軍醫大人商量後，決定關閉診所，遷居本市，這就是直到現在的全部經過。

不過，這起事件令軍醫大人的精神狀態越發惡化，變得很厭世，自殺的傾向也越發明顯。在「奈奈」的提議下，對外也不再由軍醫大人出面，改由我頂替他的身分去登記。形式上雖然多少有些差異，但實質上幾乎毫無變化，因此軍醫大人也非常贊成這個提議。幸好在當地也深得病患信賴，我敢秉持自信說，即便確定我有罪，大家也不可能爭相報案控告我。缺乏被害意識的被害人如果不算是被害人，沒有加害者意識的我，應該也不算是加害者，但我並不是主張因此就合法。身為一介國民，既然生命財產受到保護，當然不該違法。

去年，我新雇了一名實習護士，因此和「奈奈」分居，此事前面也已說過。不過我還是會把一切收支向「奈奈」報告，承認她身為共同經營者的權利，因此我認為這點毫無問題。此外，目前「奈奈」在市內開設鋼琴教室指導學生，所以您可以進一步向她本人詳細詢問，確認我的陳述真實無誤。

話說回來，軍醫大人為何離開醫院選擇自殺，我完全想不出任何直接的理由。軍醫大人向來使用二樓的房間，但他的作息時間毫無規律，經常利用逃生梯自行出入，所以我不可能對他的所有行動負責。如果硬要說最近發生過什麼小爭執，那就是他拿緬懷昔日從木材提煉糖分的研究當藉口，對甜食的病態嗜好變本加厲，我基於健康上的理由限制他吃甜食，令他非常生氣。但我不相信他會為此走上絕路。屍體據說戴著紙箱，可見他或許不是一開始就打算尋死，也可能是前一天開始下雨導致路面濕滑，他在堤防散步時，因為不習慣紙箱的裝扮導致走路不穩，不慎失足滑落。

此外，關於他頭戴紙箱，警方也再三詢問過，但我毫無頭緒。這幾個月，也有目擊者聲稱看到戴紙箱的遊民在市內徘徊，但如果問我那是否是軍醫大人的扮裝，我無法全盤否定他背著我偷偷那樣變裝的可能性。軍醫大人似乎深信自己除了姓名、戶籍、醫師執照，連人格都已轉讓給我，他認為自己已不再是任何人。同時也變得極端避世厭人，所以他外出時想躲在紙箱隱藏自己的心態也不難理解。驗屍結果也能明顯看出，屍體的手肘內側、大腿等處的注射傷痕已經結痂。藥癮一旦惡化到如此階段，這種程度的怪異行為我想已經不足為奇。

有人目擊箱男出入醫院，警方根據那項證詞，以及屍身長期累積的針孔痕跡，懷疑與醫院有關，因此才會傳喚我，但是如果有人言下之意是在指控我，認為若無那樣的目擊者出現，箱男只是當作身分不明的橫死屍體處理時，我八成會假裝無辜繼續違法醫療行為，那我必須聲明我個人絕無此意。我和護士都承諾過軍醫大人，除非是他主動按鈴呼叫，否則絕對不會去他的房間。超過半天都沒叫人的情況，過去也發生過多次，等我心生懷疑去房間查看時，已是星期天的半夜。我本來決定如果等到天亮他還沒回來，就去報警尋人，為此即使曝光我的違法醫療行為陷入不利的立場也是莫可奈何，對此我已有充分的覺悟。

比任何人都強烈反對我中止醫療行為的，正是軍醫大人自己。他一方面甜言蜜語慫恿我，另一方面甚至再三暗示要自殺來脅迫我。藥癮病人為了弄到藥物會變得如何狡猾且莽撞，想必已是眾所周知的事實。軍醫大人的自殺，的確會給我帶來很大的麻煩。先不說別的，就算要開立死亡診斷書，也因他和我同名同姓，無法向公家單位提交那樣的證明。為了讓他打消自殺的念頭，我不知有多少次必須低聲下氣懇求他。得寸進尺的軍醫大人，開出種種條件來交換取消自殺，包括增加麻藥的分量，讓他觀賞新來的實習護士「戶山葉子」的裸體，讓「戶山葉子」裸體替他灌腸等等，令我傷透腦筋。但我對軍醫大人並無怨恨。病人的痛苦是正常人難以理解的，所以我認為平時應該抱著慰問的心情對待他。

軍醫大人既已不再需要我，我也沒理由不惜欺瞞世人繼續醫療行為。違法的醫療行為，在金錢和肉體方面都給病患造成困擾，雖然軍醫大人認為只要沒有被害者就不算有罪，但我認為冒牌行醫本身就是罪過，也打從心裡反省。趁此機會老實說出一切，也想藉此卸下長年來的心理重擔。

以上所述概屬實情。

死刑執行人無罪

……看樣子，你好像終於打算行動了。此刻傳來的細微金屬聲，是把針筒放進消毒皿的聲音。唯有那個聲音，就算從再遠的地方我都能分辨。或許就像沙鼠連十公里以外的水都能聞到氣息。

接著，是此刻樓梯轉角平台的採光口透入的風的動靜……絕不會錯……那是只有你的房門開關時才會聽見的聲音。我聽得見……你光著腳，踩過塑膠地磚走廊的腳步聲……以大約一秒一步的速度，緩緩走來……當然，你的頭上還罩著紙箱……第十一步，變成踩踏濕腳墊的聲音，此刻你正要走上樓梯。你拾級而上，一階，又一階，逐漸放慢速度……最後，你抵達轉角的平台，暫時駐足，把紙箱半旋轉，仰望上方……沿著二樓走廊的扶手，走到樓梯的後方拐彎，立刻就是盡頭的小房間。著色的杉木房門和狹窄的走道同寬，幾乎讓人誤以為是牆壁。

那是太平間——

倒也不是因為是屍體就遭到差別待遇，顧及本就對死很敏感的其他住院病人（以前有過）的感受，所以才盡量選擇不起眼的房間。況且那裡離逃生門很近，也方便搬運屍體。

不過我還不是屍體。雖然也不怎麼活蹦亂跳，總之不是屍體。沒死的我，之所以待在太平間——就算為了你好，想必也該強調一下——不是因為我被當成屍體看待，是我主動要求的結果。我喜歡這個房間。最主要的是沒有窗子，正符合我現在的心情。最近，我的瞳孔調節機能似乎徹底衰退，白天的光線就像沙子刺痛眼睛。況且，房間長度足足有寬度的二倍半，長寬比例和棺木一樣，對於已經完全喪失憎惡、不滿、憤怒這些人類防禦反應的我而言，感覺特別舒服。

後來你一直保持靜止。正如我隔著房門窺探你的動靜，你大概也隔著房門窺探我的動靜吧。門若有知，或許已捧腹大笑。不過，你的遲疑也不難理解。就算經過彼此同意，畢竟這是要執行死刑執行人的任務。當然會踟躕。就連我，如果立場交換，想必也會意志動搖，裹足不前。更何況，要殺死的對象，很清楚自己即將被殺。在對方意識到即將被殺的情況下，一邊凌遲對方一邊還要不動聲色地閒話家常，這種本領可不是一般人做得到的。如果不是閒話家常，而是針對「死」進行討論，或許心情還能放鬆一點？也不見得。那樣更詭異。可是話說回來，默默無語地大眼瞪小眼，肯定會立刻讓神經叢斷裂發生短路，造成嚴重燒傷。

最樂見的狀況，大概是我已陷入熟睡吧。趁我睡著時偷偷把我送入地獄，怎麼說都是最安全的方法。不過，藥癮病人的眼睛有多尖，你也很清楚。明明一年到頭都在打瞌睡，偏偏睡得很淺。想必你也沒有天真到期待我的熟睡。事實上，如你所見，我很清醒。我在床上坐起上半身，正在運筆如飛。眼屎也用硼酸水溶液擦去，對你來說是並不樂見的狀態。不過，請安心，在你的手摸到門把之前……只要你露出再跨出一步的跡象我就會立刻……我自認已下定決心裝睡。當然，你想必會看穿我是裝睡，但是比起真的睡著，那樣反而更安心吧。如果真的睡著了，還有清醒之虞，可是裝睡的話就不用擔心那個了。不然我先把筆記本掉到地上引起你的注意，讓你知道我是故意裝睡也行。殺死我的主犯純粹是我，你頂多是共犯。我完全無意把責任推到你一人身上。好了，隨時都可以，請你開始吧。就算是當下這瞬間也無所謂。你採取行動的時候，也將是這本筆記的結束……

再不然，我為你留下一句類似遺書的東西吧？我想應該不至於有那個必要，但是為了預防萬一，那樣想必你也比較輕鬆吧。就算只是被扣上幫助自殺的罪名都很荒謬。小小的破綻，有時也可能像手織毛衣的破洞，讓事情徹底脫線走樣。只要剪下以下數行（放進塑膠袋密封以免弄濕）纏在屍體的手指上就行了。慢著，手指不行，必須找個自己更好綁的位置……對了，乾脆套個圈掛在脖子上吧。不，最好盡可能像是普通的意外死亡，心存懷疑的有關當局既已追查到如此地步，或許該藏在這房間的某處——乍看之下不起眼，可是如果有心要找立刻就能發現的地方，例如床鋪的鐵架接縫處之類的。被剪掉一塊的筆記本，當然會完全燒毀。

是我主動選擇赴死。就算看似他殺，那也全是我的疏忽所致，不，看起來太像找藉口也不妥。那樣說不定反而會種下懷疑。直接了當的做法可能比較好。

我決心赴死。事到如今就不要再偽善地對我鼓吹希望了。沒放進嘴裡吸吮之前，無論是哪種糖果，看起來都很硬。可是會想立刻咬碎。糖果一旦破碎，就無法恢復原狀。

聽起來還點有眷戀是吧。忍不住吐露了真心話。不過，不用擔心，不管我如何眷戀不捨，眷戀也只是眷戀。我的理性很清楚，我不該再苟且偷生。還能保有理性，滿厲害的吧。但這種理性，也像開始漲潮的海岸上那沙堆城堡一樣脆弱縹緲。只要再來兩三個大浪，恐怕就會消失得無影無蹤。頓時，我忽然想推翻前言，貪婪地抗拒死亡。首先，我要厚著臉皮向她求婚，如果遭到拒絕（肯定會被拒絕），我可能會殺了她，用好幾天的時間細細品味那具屍體。不是比喻，是真的如字面所示，放進嘴裡咀嚼，用舌頭品味。我已經數次夢見自己吃掉她。最好是在烤得半生不熟的狀態下。她很溫順，變成肉塊也依然保持微笑，帶有介於小牛和野鳥之間的風味，難以形容地可口。我對她的情感，經過苦苦煎熬，最後似乎收斂成食慾。食慾一旦高漲到那種地步，必然會對生命執著。所以，我想趁著還保有理性的時候設法解決。不過，自殺當然也是一種行為，既然是行為，就不可能光靠理性或願望來實現。些許眷戀和食慾，成了我猶豫不決的藉口。然而，理性覺醒之際，至少應該不用把你伸出的援手甩開了。於是，我想請求你，在我這樣盼你幫忙時，能否助我一臂之力？那既是為了你好，同時也是為了我自己。

怎麼了。你還在拖拖拉拉什麼。不是說好了我會裝睡嗎。再不快點動手，真的會變成石頭或木棍喔。該不會在我沒注意之際，你已經改變主意轉身離去了吧（應該不可能，不可能比來的時候更躡手躡腳）。

「喂，你在嗎？……在的話就回個話……何不乾脆進來吧。」

此刻，我用力絞緊腫脹的聲帶，隔著房門喊話。沒有回音。甚至沒有活動的跡象。只有夜的寂靜，化為鐵槌敲擊鐵板般的疼痛，反彈回我的耳膜。是我想錯了嗎？對了，包括樓梯採光窗晃動的聲音，彷彿濕抹布在走廊徘徊發出的吱呀作響，其實都有可能是連下三天大雨後，突然從山間吹下來的乾燥山風造成的。況且，還有令我未經確認就不禁如此斷定的理由。因為你今晚終究沒有讓她來。她的裸體，本該是用來延後我自殺絕對必要的交換條件。自你開始準備紙箱（我的棺木）算來已有十天，她既然沒露面，那我也只能當作一切已準備妥當，宣告了我的死亡。是的，門那頭的動靜，就算是我過於武斷，但你的來臨，想必已是遲早的問題。

之後，房門安靜卻確實地打開了。我立刻裝睡。除了你以外，不可能有人能夠如此安靜地開門，所以用不著特地確認。我繼續裝睡。你一度屏息，以便習慣惡臭。

在你開始吸氣之前，會先吞口水。卡在胸口的拇指大的冰塊，向下移動了兩三公分。你把塑膠儲水桶放到地上，脫掉紙箱，環視沒有窗戶的細長房間，再次感嘆真的和棺材一模一樣。光源，只有天花板的一盞三十瓦日光燈。垂吊在燈下的，是末端仿玫瑰花造型的一條捕蠅紙。假花的正下方猶如花芯的，是擺在房間中央的醫院用鐵床。我的手腳幾乎伸出床外，軟綿綿地躺在上面睡昏了頭。每次呼吸，就像搖晃融化的冰袋跟著抖動。彷彿魚店門口賣剩的鮟鱇魚切片。直條紋的睡衣敞開前襟，顏色像煮熟蘆筍的肚皮上，搭著一條洗得發白的花卉圖案毛巾。在那毛巾底下，豁出去似地伸長的雙腿，毛髮稀疏，像剝了皮的生魷魚那樣潮濕。鼻子吸的氣想從緊閉的嘴巴吐出，因此嘴唇像厚橡皮閥震動。橡皮閥上，黏著甲烷或阿摩尼亞的結晶，晶瑩如舞女的褲襪。每次小睡，就有一個內臟腐敗墜落。這如果是腐敗的競速賽，肯定與真正的屍體相比也毫不遜色。你捏著鼻子，眼泛淚花。氧化的汗水分解物質刺痛眼睛。你已忍無可忍。所以我不是早就說過根本不需要忍耐嗎。殺人這種事，不用想太多，只要當成是在阻止腐敗繼續進行就夠了。

　你輕戳我的肩膀。我繼續「裝睡」。你把橡皮管纏到我的左上臂。用手術刀輕輕劃開我的手肘內側，剝出靜脈。這是因為皮膚結了厚痂，針已無法直接戳入。肉是白的，只出了一點血。你用脫脂棉花捏著靜脈，把針刺入。發黑的血逆流上來，沾附在針筒內壁。針管整個拉到二十格的地方，但裡面只有三毫升的鹽酸嗎啡。上臂的橡皮管鬆開，先把那三ＣＣ推入。途中就算我醒了（我本來就是裝睡所以當然沒醒來），你也可以找藉口辯解說是因為看我睡覺呼吸很痛苦，這才臨時替我打嗎啡云云。我的呼吸很快就變沉，本就鬆弛的表情更加鬆弛，嘴巴呈現死相。你繼續推針管。送進去的只有空氣。靜脈露出的部分鼓起，就像魚的胃袋。你拔出針，給傷口塗強力膠，以指腹用力壓住。不用在意能否治癒，也無須擔心傷口化膿，所以哪怕你有點粗魯我也不追究了。況且我八成已在深深的夢中。就算被砍下兩三根手指，恐怕也只覺得是在啃灑了太多胡椒的香腸。突然間，我的呼吸再次劇烈變化。不規律，微微顫抖，像貓一樣喉嚨咕嚕咕嚕響，倏然中斷。在夢中，我站在由無數發光的拱門構成的無影都市的入口。全身帶笑跑進裡面後，身體忽然輕飄飄浮在空中。影子消失，體重也跟著消失了。這時病床上的我，一邊磨牙，下半身（就像被釣起的魚）高高彈起。病床也跟著發出傾軋聲。幾百個彈簧，以各不相同的音色，彷彿火堆中的枯枝那樣劈啪反彈。那種傾軋融入夢中，逐漸與拱門森林產生共鳴，為我奏出送葬隊伍的哀歌。我抱住膝蓋翻滾蹦跳，非常快活，也有點感傷。出現她正為我啜泣的特寫鏡頭。彷彿稚嫩的落葉松，和冬日氣息很相稱。伸出手指，在空氣中捅出一個洞，變成肛門。呼吸困難。一張開嘴，外面是強大的負壓，舌頭猛然彈出收不回來。將勃起的舌頭插入空氣的肛門時，夢境發黑靜止。然後我死了。

而你爬到死掉的我身上。手裡抱著儲水桶。你把屁股壓在我胸口，施加全身重量，令我吐氣。這口氣到最後變成嗶嗶波波捏破魚子的聲音。盡可能壓扁我的肺部後，你把大型漏斗塞到我嘴裡，灌入儲水桶裡的水。同時抬起腰，減輕壓在我身上的重量。桶中的水是海水。漏斗的水面，有小小的漩渦在跳動。海藻的碎片有時堵塞洞口。清除雜物後，響起吸蛀牙似的聲音，或許海水會從嘴裡溢出。碰上那種情況，立刻加快抬腰的速度就行了。當你完全抬起腰時，二公升裝的水桶，想必已經只剩一半。這下子偽裝溺死的準備工作已大致完成了。

（當然，這樣不可能騙過司法解剖。為了做出溺死的判定，至少必須從肺部以外的組織也驗出海裡的微生物。如果只有肺部有海水，一看就是動了手腳，反而會種下懷疑的種子吧。一旦開始懷疑，我的屍體簡直是疑點重重。哪怕已經泡水浮腫或被魚蝦啃食，肉體上的徵候也不容忽視。從手臂至手腕，大腿至膝蓋內側，皆有大片肥厚且角質化的不定形結痂疤痕。任誰都能一目了然，這是個藥癮病患，而且是已經使用麻藥多年的慣犯。除非有特別可靠的地下管道，否則在這種鄉下小城，說到能夠這樣不斷接受麻藥供應的人，範圍自然會縮小。首要嫌疑人，是抓住醫生某種把柄的脅迫者。再不然，就是醫生本人。事實上，就統計數字看來也顯示，在各種職業中以醫療相關者佔有最高罹患率。對於曾因麻藥使用量遭到醫療稽查的你而言，這下子非常不利。不難理解你為何會開始練習寫供述書。不過不管怎樣都已太遲了。事到如今能做的，頂多也只有努力把收尾工作做得無懈可擊吧。放心，沒問題，肯定會一切順利。雖然寫這些話好像在潑你冷水，但基本上不可能半路殺出程咬金。關於戴紙箱的遊民出沒一事，你想必早已對好幾個警察宣傳過，況且不管屍體呈現什麼死狀，都不容許他們浪費國家預算把一個死掉的遊民送去檢驗。）

好了，終於到了最後的收尾階段。有點麻煩的，是必須把我扛下逃生梯。對於瘦小的你而言，想必是相當吃力的粗活。況且，揹我時，從我受到壓迫的肺部說不定會噴出海水弄濕你的領口。最好先把我蓋在肚子上的那條毛巾搭到你的脖子上。

然後回頭去取紙箱。順便，也別忘記倒掉水桶中剩餘的海水。些許疏忽，都有可能意外成為致命的因素。接著給我的屍體套上紙箱，把固定用的繩索綁在腰上。這項作業或許該在將屍體放上推車之後進行。給我穿上長褲和長筒靴的作業，最好也在套上紙箱之前完成。這下子一切準備就緒。只等出發了。為了預防萬一，還是用毛巾蓋在身上吧。不，白毛巾反而惹眼。況且中途也不可能有遇見他人的風險。就算遇到了，只要讓路給對方就行了。一路都是下坡，而且推車的車軸也上過油，應該可以悄悄地輕快行動。不過，對，就怕遇上狗。萬一那隻愛撒嬌的狗跟來就麻煩了。出發前一定要記得給狗拴上鍊子。

對了，關於棄屍地點，我還是想推薦之前我倆討論過的那家醬油工廠後面。雖然要把推車推到那裡，路絕對不算好走，但是那裡有緊鄰水面的斷崖，屍體可以順水流走，這個優點想必難以割捨。好了，這麼左弄右弄的，已經過了一點三十分了。最遲也得在三點之前解決。否則退潮過了高峰後，運河的水流停滯，今晚就無法交差了。討厭的事情如果拖到明天，光是這樣

（不明原因突然中斷）

再次，也是最後的插入文

說到這裡，似乎也差不多到了該揭開真相的時刻。脫下紙箱，露出我的素顏，至少讓你一人正確地知道，這本筆記真正的作者是誰，真正的目的又是什麼。

你或許無法相信，但之前寫的那些，沒有絲毫謊言。就算是想像的產物，也不是謊言。謊言指的是哄騙對方遠離真實，但想像毋寧是引導對方走向真實的捷徑。我們已經來到距離真相只有一步之遙。這最後的簡短訂正，想必能夠讓一切真相大白。

當然，我並沒有說出真相的義務。同樣的，你也沒有相信的義務。這不是義務的問題，是牽涉到現實利害的問題。拿假話敷衍也不會有任何好處。那種可能有數種結局的推理小說，我敬謝不敏。

不過最近的社會風氣，似乎越發走向不適合推理小說的方向。執筆的此刻，我腦海浮現的，比方說，是分期付款制度的普及假象。時代改變，就像現在幾乎已經沒人害怕打針，也已鮮少有人對分期付款猶豫不前。但是，所謂的分期付款，作為債務的擔保必須完全暴露自己的身份、職業及住址。擁有固定職業和姓名足以擔保的人，既已變得如此普遍，罪犯和偵探出場的機會當然也會減少。在這種時代，不惜反對分期付款的便利也想匿名的，或許頂多也只剩地下游擊隊員和箱男。但我就是那個箱男。是反分期付款主義者的代表之一。縱使和社會風氣對著幹，我也想將這本筆記的結尾，以黑白分明的解決方式做個了斷。

話說回來，不知你對安樂死有何看法。作為參考，我想舉出昭和三十八年二月名古屋高等法院的判例。

一，病人罹患不治之症，瀕臨死亡。
二，無論在誰看來都已無法忍受痛苦。
三，須以排除病人的痛苦為目的。
四，病人的意識清醒，出於當事人自己的委託或承諾。
五，由醫師執行。或者，具有令人信服的充分理由。
六，致死方法並未違背倫理道德。

就我個人的意見而言，這份判例似乎有點過於拘泥肉體。在人性精神的解釋上太小心謹慎，未免流於通俗。心理疾病想必也有和肉體痛苦不相上下、令人不忍目睹的情況。不過，事到如今那種事已不重要。我想說的是，如果對象住在法律管不到的地方，遲早所有的殺人都等於安樂死。就像戰場上的殺人或死刑執行者絕對不會被問罪，殺死箱男也不應有罪。不信的話可以把前述判例中的病人這個字眼換成箱男再重讀一次。想必可以清楚知道，一如敵兵和死刑犯，箱男在法律上打從一開始甚至連生存都不被承認。

所以，比起追問誰才是真正的箱男，不如探究誰不是箱男，想必才是更快接近真相的方法。箱男擁有箱男才說得出的經驗，假箱男絕對說不出，那是只屬於箱男的體驗。

比方說，成為箱男後迎來的第一個夏天頭幾天。那也是箱男面對考驗的開始。那種令人恨不得用指甲把記憶一併摳除的窒息感。不，如果只是酷熱，至少還能設法忍耐。真到了逼不得已時，還可以待在面向地下道的大樓出入口，吹一下溢出的冷氣。真正難受的，是黏答答的汗水，還來不及乾就成了泥垢層層堆積。對於黴菌、酵母菌、各種細菌而言，那是求之不得的培養基。在那層發酵的污垢底下，窒息的汗腺就像乾涸的淺水灘貝類那樣吐出舌頭痛苦喘息。那種令人崩潰的皮膚搔癢，比任何內臟的痛楚都難以忍受。對於全身塗滿瀝青的拷問，以及全身灑滿金粉的跳舞女郎發瘋的故事，完全可以感同身受。拿水果刀削掉皮的果肉之白皙，耀眼地閃現眼前。甚至有好幾次，我都恨不得像剝無花果皮那樣連同紙箱把自己的皮膚撕下來。

然而，到頭來還是對紙箱的執著戰勝一切。過了四、五天，或許是皮膚習慣了污垢，幾乎不再感到痛苦。也或許，是身體逐漸適應，氧氣的消耗量自動節省了皮膚呼吸的部分。這麼一說才想到，本來應該很會流汗的我，那年夏天進入尾聲時幾乎已不再流汗。如果會流汗，表示仍是假箱男。

順便，也寫一下那個徽章乞丐吧。那是箱男最討厭遇見的傢伙。全身像鱗片一樣掛滿徽章、別針和玩具勳章。那個落魄的老乞丐，帽子上插了一圈小型日本國旗，就像妝點生日蛋糕的蠟燭。他每次一看到我，就會尖叫著撲過來攻擊我。已經習慣世人漠視的我，一時掉以輕心，某次未能及時躲開他的突襲。乞丐發出意義不明的叫聲，一撲向我，就拿某種東西往紙箱戳。我勉強趕走乞丐後，把那玩意拔下來一看，原來是乞丐帽子上裝飾的一支小國旗。

我當下心慌意亂。只要位置再偏離幾公分，那支國旗說不定就會戳到我的耳朵。從此，唯獨對徽章乞丐，我總是破例先發制人地採取攻擊。也因此，我學會了如何從紙箱中拋擲重物。首先（如果是慣用右手的人）從窺窗伸出右臂，以手肘為軸，向內側水平彎曲，連人帶箱將上半身向左彎。利用身體彈回的作用力，手肘對準目標用力伸出。換言之要領和省略助跑的丟鐵餅差不多。如果連徽章乞丐都對付不了，無法稱為及格的箱男。

不過，通常箱男上街後的日常生活，大致可以平穩度過。少有機會碰上什麼事件。想必頂多也只有最初的兩三個月，會躲避眾人的注視或者心虛畏縮。首先，如果拘泥外表，會對生活造成不便。就算是箱男，同樣也少不了吃飯、大小便、睡覺這些日常行為。睡眠與排泄不用特地挑地點，但是關於吃飯就不同了。一旦手邊的食物吃光了，再不情願都得起身覓食。如果想不付錢、不惹麻煩地弄到食物，基本上大概會去翻垃圾桶找剩飯。要找剩飯，自然就會去份量和種類都更豐富的鬧區。

不過，就算是討剩飯，也有一定的訣竅。箱男不像乞丐或遊民那樣可以慢慢適應剩飯的環境，並不是只要能入口就照單全收。這不是挑剔，是衛生觀念的問題。即使是剩飯，也不見得不乾淨，但給人的印象總是不大好。尤其是那種臭味更令人退避三舍。結果我用了三年時間，唯獨那個臭味終究還是無法習慣。

看來那似乎是味道和氣味不對等的不快感所致。魚有魚味，肉有肉味，菜有菜味，總之各有其固有的氣味，我們似乎就是在口中一邊確認他們的混合比例，一邊為之安心或接受。以為是炸蝦卻有香蕉味，當然受不了。咬一口巧克力若是烤蛤蜊的味道，自然令人作嘔。更何況只是胡亂混合的剩飯，那股氣味無法和任何食品對應，即使理智上知道，生理上想必還是無法接受。

於是，找剩飯的第一步，就從盡量物色無氣味的乾燥食物開始。不過這點意外地麻煩。餐飲店丟的剩菜剩飯，大致上分為二種，一種是容易變質無法保存的東西，就數量而言佔了壓倒性多數。大致上會和不能吃的東西（免洗筷、紙屑、打破的餐具等等）分開，另裝在大型塑膠容器，每天早上養豬場的卡車會來回收。還有一種是原型清楚，不可能把前一位客人吃剩的給下一位客人用的東西……比方說麵包、炸物、魚乾、起司、甜點、水果等等。看似隨處可見，真要找時，卻又難得看到。或許是因為就算形狀不完整，但是不易腐壞，所以還能再次利用吧。的確，麵包弄碎了可以做麵包粉，油炸的魚骨或雞骨也可以熬出很好的湯頭。

不過，我記得前面應該也提過，箱男可以從店頭隨心所欲弄來食物。沒必要鑽研找剩飯的技術。不過，對於適應街頭倒是一個很好的契機。在人潮擁擠中，若想秉持箱男的作風過日子，無論如何都得適應街頭。一旦適應了，不管在哪裡，時間會以箱男為中心開始畫出同心圓。遠景迅速掠過，近景卻遲遲沒有進展，中心完全靜止，因此完全不會無聊。在箱中會無聊的肯定是冒牌貨。

所以，各位不妨思考一下。到底誰不是箱男。誰未能成功變成箱男。

D的例子

少年D憧憬強大。老早就期盼自己能夠變得更強。可是，怎樣才算是變得更強，他並沒有明確的概念。有一天他忽然靈機一動，決定用三合板和厚紙板還有鏡子製作一種多角偷窺鏡。筒身上下兩端平行放置各以四十五度傾斜的鏡子，在眼睛的位置可以橫著或者上下錯開窺視。尤其是位於上端的鏡子，有紙做的合葉，只要從下方操作繩子，就可以稍微變換角度。

最初的測試，他決定在附近公寓的圍牆與倉庫之間進行。那是他童年還在玩躲貓貓時發現的地方，從馬路當然看不見，從公寓那頭看也恰好是視線死角，是個狹小的縫隙。蹲在那裡時，潮濕的地面臭味之中，也夾雜老鼠尿的臭味飄來。先用放在膝上的雙臂，把窺視鏡的筒身用力壓在額頭。上端緩緩推到圍牆上方。這是一條陡峭的坡道，除非是身材特別高的路人，否則應該搆不到圍牆的高度。況且坡道不好走，想必也無人會把注意力放在眼睛的上方。他這樣反覆告訴自己，藉此平息內心的忐忑，但是當路上的情景實際映現在緊貼眼睛的鏡面時，D畏縮了。他覺得整個風景都變成指責他的眼光。他不禁縮起脖子。窺視鏡的前端順勢撞到圍牆，發出夏橘破裂時汁水淋漓的聲音，窺視鏡立刻斷了。他連忙擦拭噴出的汗水，用膠帶修補。

第二次他更大膽，頂著從緊貼眼部逼近而來的風景壓力，繼續試著觀察。一旦把那壓力推回去，緊張的心情也突然鬆弛了。知道不用擔心被任何人回視後，心虛頓時消失，風景也轉眼開始變化。能夠清楚地自覺風景與自己，社會與自己的關係變化。當初起意製作窺視鏡的目的，似乎並沒有錯。

其實沒有任何耳目一新的東西。但是，連風景的細節都浸潤在祥和、卻有強大滲透力的光芒中，眼中所見全都平滑、順暢。路人的表情及外型裝扮，也完全抹去了足以令人感到敵意的東西。不再有任何惡意挑剔的眼光。水泥地面、圍牆、電線桿、道路標誌等構成風景的城市所有突起與凹陷，也都磨去了尖利的稜角。世界洋溢永不終止的週六夜華燈初上時的溫情。他透過鏡面對城市撒嬌嬉戲。城市也對撒嬌的他報以微笑。光是看著都覺得世界很好玩。在想像中，他和世界簽訂了和平條約。

食髓知味變得大膽的D，四處換地方繼續眺望城市。城市也沒有怪罪他。單就透過窺視鏡所見，社會無條件地寬大。得意忘形的他，有一天，忽然起意嘗試小小的冒險。他決定偷窺隔壁鄰居家的廁所。那是和主屋隔了一段距離的獨門獨戶，只住了一個中學的體操女老師。也許不是住在那裡，只是為了彈鋼琴才會不時利用那間有隔音設備的偏屋。關於那方面的詳情，他不清楚，也不想費神去搞清楚。

然而，一旦起了念頭，便覺得老早就一直惦記著這個想法。甚至覺得一切努力都是為此做的準備。那個鄰居家的偏屋，和他位於走廊盡頭自成一區的小房間只隔著一道木板圍牆。因此廁所沖水的聲音，聽起來遠比被隔音牆抹殺高音的鋼琴聲更近，也更清晰鮮活。實際上，他並沒有同時聽見鋼琴聲和沖水聲，但在D的腦中，那個女老師總在練習最後彈起那首心愛的曲子甜美哀婉的旋律，以及白色陶瓷馬桶內夾帶著盤旋氣流的滔滔水聲，似乎飽含意義地互相重疊。只要感到鄰居家的廁所有人，就會陷入聞到蒸氣似的感傷心情，甚至覺得聽慣的旋律以熟練的手勢彈動背脊。

據他以前不動聲色的偵查，靠近地板邊應該有一個用來掃灰塵出去的小窗口。只要那裡開著，就沒問題，如果不行，那就只能從靠近天花板的換氣口偷窺。雖然不方便偷窺，但是換氣扇（想必已經故障）拆除後只有防蚊蟲的鐵絲網，所以應該更保險。不過廁所最好還是能從下方偷窺。光是想像偷窺的情景，彷彿就有蠕動的奶油滴入眼中。

按照過去的統計，隔壁的女老師結束練琴的時間，似乎集中在下午五點左右和八點左右這二次。之後去上廁所的機率，以八點左右那次居多。可是那個時間對他來說不方便。因為父母那時都在家，很難有機會去院子。若是五點的話，父親還沒回來，母親要去買晚餐的菜，通常不在家。假使要行動，還是只能選那個時間吧。

那時天色還亮，有被對方發現的危險，這時就只能信賴窺視鏡了。在街頭四處窺視，已讓他擁有操作的自信。況且，一旦起了念頭，偷窺的衝動就如原色油漆厚厚塗抹，掩蓋了他的猶豫。

那天放學回來，為了確保五點左右能夠自由行動，他找藉口設法拖延母親的外出時間。四點四十分左右，練習結束，確認那最後一曲照例開始後，他終於送走母親。把窺視鏡夾在腋下，套上鞋跟踩扁的帆布鞋，悄悄溜去院子。和想像不同，木板牆的這頭太高，窺視鏡根本碰不到頂端。沒辦法，怕被當場抓到偷窺的，或許反而是牆的這頭。潛入對面那頭，反而比較不會被發現。只要沒有人特地去告訴對方自己在偷窺……就算對方意識到被人偷窺，只要繼續裝作沒發現已經意識到……偷窺者和被偷窺者之間，應該就會產生某種默契——他似乎也抱著這樣模糊的期待。偷窺這種極為含蓄內斂的愛情表白，怎麼想都不該被那樣指責。

他鑽過木板圍牆下方，來到另一頭。這裡比D家的院子潮濕。建築物和圍牆的間距不到五十公分，似乎鮮少有人鑽入，已經有一層厚厚的青苔。他側身橫著走，在廁所與圍牆的縫隙間蹲下。他的運氣很好。除塵的小窗一角，開了五公分左右。當然窺視鏡必須橫著用。他的呼吸急促幾乎喘不過氣。他倚靠圍牆，閉上眼睛。喘口氣後，配合窺視鏡決定位置。首先看到的是陶瓷馬桶。顏色不是想像中的白色，是淺藍色。但地板是白瓷磚，放了一雙塗成銀色的橡膠拖鞋。無論怎麼調整鏡子的角度，視野都只是左右晃動，無法捕捉到必要的景象。冷靜點，現在是橫著用，所以要看上下的話，必須把筒身迴轉。牆壁是印刷木紋的三合板。

感覺時間過得特別慢。今天的音樂好像也特別長。他全身火熱，呼吸聲像笛子那樣咻咻響。壓力幾乎讓頭蓋骨掀開，眼球像軟木子彈一樣蹦出去。母親說不定快回來了。吊胃口的鋼琴節奏，如同神經痛敲擊膝關節。他忽然有股衝動，想要闖進去砸爛鋼琴。

儘管如此，琴聲終於還是接近尾聲了。聽慣的最後幾小節……然後，是拖著長長餘韻的最後和聲……D告訴自己，不能期待太高，第一次就期待成功未免想得太美。今天氣溫也高，而且很乾燥，想必小便的次數也會因此減少。但他還是忍不住期待。D開始顫抖。只靠鼻子呼吸，已經開始感到缺氧了。他張大嘴巴，全身像幫浦一樣用力。

突然間，耳邊響起聲音。

「誰？你在做什麼？站住，不准跑。你敢逃跑我就告訴別人。」

他渾身戰慄。遭到制伏。甚至連移動視線去辨識聲音來源的餘力都沒有。呼吸也斷斷續續，他覺得自己就像懸掛在紙撚末端簌簌抖動的紅色煙火燃燒的餘燼。

「請你繞到前門，從玄關進來。」對方的態度沒那麼兇惡，或許該算是唯一值得慶幸之處。「好了，站起來，快點……」聲音似乎果然是從廁所傳來的。可是看不見人影。她到底是從哪、用什麼方式看見自己？「別忘了帶上你那個怪機器。立刻繞到正門。我已經把門鎖打開了。」不知她是接下來才要小便，還是現在暫時中止。肯定是窺視鏡的位置放得不對。「你應該知道吧，就算逃走也沒用，好了，別磨蹭了，快點繞到前門……」

看來只能照對方的話去做了。逃跑似乎的確沒用。「逃跑也沒用」這個警告，如果解釋為不逃跑就不會向學校和家長告狀，那麼不管是怎樣的懲罰，能夠當下在此懲罰完畢當然是最好。D少年抱著家畜被裝進袋子的心情，把無功而返的窺視鏡抱在懷裡，繞過建築物走向玄關。之前就一直帶著類似肉縫觸感浮現的那扇門，此刻已變成水泥的觸感。

一進門，就是寬敞的琴房。貼著滿是洞洞的隔音板，光用看的都讓人渾身發癢。地上是綠色地毯。他反手關上門的同時，靠裡面的門開了，女教師走進來。沖水聲也緊隨女教師身後傳來。看來她果然在那之後小便了。蹲在馬桶上的雪白屁股，在意識一隅與沖水的漩渦重疊。他不敢抬起頭，因此反而感到與裸露的屁股對峙似的壓迫感。

「我先鎖上門喔。」

女教師繞到他的背後，傳來鎖門的聲音。

「你都不會難為情嗎？」

「很難為情。」

「差不多到了變聲期吧。我也知道這個年紀難免如此，不過我討厭這種醜事。你或許難為情，但老師比你更難為情。正因為你難為情，才會讓老師也跟著難為情。你說怎麼辦？如果就這樣放過你，下次八成還會做同樣的事……」

「我下次不會了。」

「我才不信。」

「真的，我絕不會再犯。」

「是嗎……可是，也不能完全不處罰你。或許至少該讓你也親身體會一下，你讓老師有什麼樣的感受。」

女教師坐到鋼琴前，突然開始彈奏。是她每次最後彈的那首曲子的一節。和隔牆聽見的聲音不同，此刻琴聲如大珠小珠紛紛堆疊，非常華麗。也像輕飄飄的絲綢旗幟迎風飄揚。D越發感到自己骯髒又丟臉，最後再也忍不住淚水奪眶而出。

「你覺得這首曲子如何？」

「我喜歡。」

「真的喜歡？」

「非常喜歡。」

「你知道作曲家是誰嗎？」

「不知道。」

「是蕭邦。美好又偉大的蕭邦。」女教師突然停止彈琴，站起來。「那你現在立刻把衣服脫光。老師會去那邊迴避一下。」

D一時之間無法領會對方的意思。即便女教師躲進裡屋後，他還是愣了半晌，只能呆站著。

「怎麼了？你還磨蹭什麼？」隔門傳來的聲音催促他。「老師正從鑰匙孔盯著你喔。如果你真的反省了，這點小事應該不至於做不到吧。」

「我要做什麼？」

「脫光啊，這還用問。你剛才差點讓老師遭到同樣下場，所以應該沒資格抱怨。」

「請放過我。」

「不行。難不成，你想讓我去找你爸或你媽告狀？」

D大受打擊。胃彷彿沉落到膀胱，胴體變成空心的。他並不排斥脫光。關於這點，他好歹知道，彼此似乎已達成共識。但他就是沒有自信。如果脫光了一定會不由自主地勃起。如果他出現那種反應，女教師真的會原諒他嗎？難以想像。她一定會很生氣，覺得這次死都不能放過他。再不然，就是捧腹大笑吧。總之不管怎樣都太悲慘。一旦自覺悲慘，勃起是否多少也會平息呢？不，沒用，光是想像裸裎相對，就已經快要勃起了。屆時必定會在對方的嘲笑下繼續勃起。

他認命了。忍受自己的醜陋，脫下上衣，脫掉汗衫，拉下褲子，渾身赤裸。他勃起了。可是，毫無回應。門那頭悄然無聲。不是單純沒聲音，是潛伏著物質那種寂靜。鑰匙孔那頭的視線化為黑光戳刺而來。視野失去色彩，只剩黑白明暗。感覺從腳底消失。他差點踉蹌摔倒，忍不住噴出一點尿。不是撒尿，是射精。他忍到一半就再也忍不住了。他屈膝跪倒，雙手蒙臉做出哭泣的動作。當然沒有眼淚。他的內臟，就像黎明的沙灘，瞬間便已乾涸。

「這下子，你懂了吧？」

門那頭的女教師聲音也平板乾澀。他點點頭。實際上的確明白了。比他點頭表現的態度，比他自以為明白的，更加深刻地理解。

「你可以走了。」

裡屋的門微微開啟，飛進來的玄關門鑰匙無聲地墜落地板。那是從內側不用鑰匙應該也能開啟的門。

……

終於抵達醫院，卻是大門深鎖，掛著今日休診的牌子。後方，那隻好脾氣的狗，正在啞聲哼哼唧唧。我按下門鈴。心急如焚，因此我不等對方回應就繼續按門鈴。有人接近門口。門突然被推開，反彈似地敞開身體的她，匆匆迎我入內。她一邊連珠砲似地說話，已經走回裡屋。我聽不清她在說什麼，但她似乎把我誤認為假箱男（或者假醫生），正在抱怨。這種事情當然是越早澄清越好。我急得咳嗽，連忙解釋：「我不是醫生。我是真貨，是正牌貨。是昨晚在橋下等候的那個做過攝影師的……」

她半張著嘴唇，迅速將我從頭到腳檢視一遍。由於太驚訝，表情肌都含糊不清。

「這樣不好吧。你沒有遵守約定喔。你現在得立刻脫下箱子。你或許不知道……」

「不，我知道。妳是說醫生吧。剛才我在街上看見他了。」

「脫掉，我求求你……」

「我不能脫下紙箱。所以我才連忙飛奔而來。」

「事到如今，你不能反悔……」

「可是，我是光著的。全身光溜溜。後來我去海水浴場的淋浴場洗澡，等待洗乾淨的內衣晾乾。如果要從紙箱出來，起碼得穿件衣服才能見人妳說是吧？我原本打算之後把紙箱處理掉就過來。我想讓妳看到我遵守了約定。沒想到我睡著了。就像被工地用的滾輪輾過，睡得一塌糊塗。而且還一直做夢，在夢中片刻都無法安睡，所以才會一覺睡到剛才卻還覺得睡眠不足。總之那個不重要，等我醒來一看，我晾曬的內衣和褲子竟然都不翼而飛了。真是傷腦筋。對了，快要天亮時，我好像夢到幾個小孩在竹竿前端綁著旗子跑來跑去，那或許不是夢，是真的發生過。仔細想想，那好像不是旗子，其實是我的褲子。真是被打敗了。如果不至少想個辦法從哪弄條褲子穿就麻煩了。再怎麼破爛都沒關係，總之一定要找條褲子……我這麼想著，朝市區走，正好就在那個堤防的盡頭，看到和我一模一樣的箱男在走路……我覺得已經完了……來不及找長褲了……」

她突然笑出來。用腳跟支撐彎下的身體，晃著身子笑了出來。起初是幸災樂禍，有點嘲諷的笑，但是笑到一半就放鬆力氣，變成只是覺得好笑的笑。笑完時，尷尬也化解了，氣氛變得快活親密。

「光著身子也沒關係，約定還是得遵守吧？」

「不好意思，能否借我一條褲子，哪怕是舊的也行。」

「不然我也脫光陪你好了。反正你打算替我拍照吧。兩人一起脫光，應該就不會不好意思了吧？」

「男人的裸體看了也沒意思。」

「不是的。」她面無表情地反駁，立刻開始脫衣服。襯衫……裙子……胸罩……

「是我討厭那個紙箱。一秒鐘都無法再忍耐。」

她爽快地脫光，站在我面前。嘴唇略帶調侃的神色。眼中卻是晦暗的哀求。裸體的她，看起來完全不像裸體。她太適合裸體了。可是我不同。尤其是從紙箱幾乎露出的下半身，想必醜陋至極。

「妳能否暫時閉上眼？請妳轉過身……」

「好吧。」

她的聲音帶笑，轉身背對我，肩膀倚靠走廊的牆壁。我脫下長筒靴，感到渾身微顫。我悄悄鑽出箱子，小心不發出聲音，從後方接近她，把手放到她肩上。她沒有抗拒，於是我進一步拉近距離，同時用力告訴自己，必須永遠保持這個距離。

「不過，真的沒關係嗎，就算醫生回來……」

「他不會回來了。應該不打算再回來……」

「這是妳頭髮的香氣……」

「你的屁股圓滾滾……」

「我必須招認，我是冒牌貨……」

「別說了……」

「不過，這本筆記是真貨。是真正的箱男交給我的遺書。」

「好多汗……」

（不過，毋庸多說，所有的遺書不見得都如字面所示說的都是真話。死去的人，有活著的人不瞭解的嫉妒與憤恨。其中想必也有很彆扭的人，對於「真相」這張空頭支票的恨意深入骨髓，希望至少能夠用「謊言」的釘子把棺材的蓋子封死。不能只因為那是遺書就囫圇接受。）

箱男在夢中也脫下了紙箱。
不知是夢見開始紙箱生活前的種種，
抑或，是夢見離開紙箱後的生活……

要去的地方，位於坡上，算是在城市的出口。我長途跋涉，大老遠搭馬車前來，此刻終於抵達那扇門前。就這段路的距離看來，這間屋子或許不是在城市的出口，應該說是入口才對。

況且，說是馬車只是徒有其名，拉車的不是馬，其實是套著紙箱的人。說得更誠實點，那是我父親。父親已經年過六十。想法當然也比較傳統，堅持婚禮一定要用馬車去迎接新娘，一心認定不能打破小鎮自古以來的習慣，最後甚至自告奮勇代替馬拉車。而且，為了不給我丟臉，還用紙箱藏身。那似乎也是出於不想嚇到新娘子的顧慮。

當然，我如果有錢雇用馬車，父親再怎麼說也不會為我做到那種地步，我應該也不會那樣拜託他。不過話說回來，只因為付不起馬車費就放棄結婚，那也太悲慘。到頭來我還是只能仰賴父親的好意。

不過，已經六十歲的父親畢竟不是馬。崎嶇難行的坡道，他是氣喘吁吁一路拉車上來的，連馬的十分之一都比不上。可我總不能下車在後面幫忙推車，因此馬車遲遲無法前進。只有時間過得特別快。兼之，毫不留情的震動也讓我的生理需求到達臨界點，這點想必不能怪我。

馬車停下來了。父親把綁在馬身（名稱我不清楚）類似皮帶的工具從紙箱取下，從箱前開的窺窗仰望我，露出虛弱疲憊的微笑。我也回以僵硬的微笑，慢吞吞從車台爬下來。是的，雖說是馬車，但這是載貨的馬車。不過，反正沒人規定載貨的馬車不能載新娘，況且只要結婚了，還不是一切都得聽我的。我呼吸急促，拖著腳步衝向路旁，同時拉開長褲前面，放鬆下腹，開始沉浸在彷彿飛向遠山的深深解放感。

「喂，蕭邦，你在幹什麼！」

背後傳來狼狽不堪的父親的大喊。我太大意了。新娘家和道路之間，有茂密的大片灌木叢，我以為絕對可以遮掩。但我的新娘早已等不及。她似乎老遠聽見馬車的聲音，立刻跑到路旁來迎接。可是，諷刺的是，她出於顧慮和害羞，偏偏選擇躲在我遮掩下半身的灌木叢後方。我倆視線相接。她的確親眼看到了我的陰莖。雪白的衣裳，在樹枝之間翻飛，飛奔離去的輕盈腳步聲，彷彿用木槌敲破的門聲。一切都完了。枉我那樣焦灼，搖搖晃晃地走過懸在希望與絕望之間的細繩，卻在只差一步便可抵達對岸的瞬間，眼睜睜看著巨斧砍下。這叫我如何能甘心。

「爸爸不是她的監護人嗎，拜託，快去幫我想想辦法。」

我懊惱得眼泛淚花。一邊抽噎，一邊還忍不住繼續小便。尿液在地面鑿出小坑，熱氣蒸騰地擴散，形成淡黃色淺窪。

「哪，蕭邦，懂得放棄才是最重要的……」父親從洞中伸出手頻頻敲打紙箱側面，沉痛地說服我。「算我求你，不要再做無謂的掙扎了。對現在的年輕女孩來說，露鳥狂不適合結婚已是基本常識了。」

「我根本不是露鳥狂。」

「可是，被人家這麼想也沒辦法呀。因為人家看到了。」

「反正馬上就要結婚了。」

「看在爸爸不惜替你當馬的這番誠意上，你就拿出男子漢的氣概退讓吧。求求你。幸好沒有其他目擊者。將來，不管被人寫出幾百本蕭邦傳，至少這個醜聞，我不希望被任何人知道。命運竟被隨地小便左右，這種事絕對不適合出現在傳記中。你說是吧。當然，這不是你的錯。錯的是人們對暴露狂的偏見，以及政府怠忽建設公廁的行政責任。好了，走吧，你對這種小鎮應該已經毫無留戀了。趕緊去有公廁的大都市吧。只要有公廁，管你是要大便還是小便，你愛怎樣都能怎樣了……」

就算去了都市，也不可能撫慰我這心靈創傷。那個姑且不說，父親為何老是喊我蕭邦？我覺得受傷的應該不只是我一人，所以決定不再追問。不管怎樣，父親說得對，我已完全理解自己不該再在這個小鎮逗留。小便時的毫無防禦，的確是刻骨銘心的不安。

我們扔下馬車。但父親斷然拒絕脫下紙箱。他堅持事情之所以演變至此自己也有一半責任，因此暫時繼續當馬是身為父親的義務。於是我跨上父親的紙箱，就此離開了居住多年的小鎮。

抵達都市的我們，決定暫時賃居附帶鋼琴的小閣樓，在那裡爭取時間。就印象而言，好像只是繞了一圈從後門口進入她家，但這點我已不確定。父親說做手工是排遣傷痛最好的良藥，因此不知從哪替我弄來畫紙和筆。我用鋼琴當桌子，努力描繪追憶中的她。隨著技巧日漸熟練，逐漸變成裸女圖，這點自然無庸贅言。

「蕭邦，看來你還真有幾分才華啊。這我承認。但是，想必你也知道，我們的經濟狀況並不樂觀。因此，我想跟你商量，你能否省著用紙，改畫小幅的畫作……」

父親說的的確沒錯。不是紙張大小的問題。對鋼筆畫而言，小幅畫紙反而更容易表現。在我繼續作畫的同時，紙張也越用越小。紙張變小後，完成一幅畫的速度也隨之加快，因此紙張反而用得更多，不得不把紙分割成更小。最後，我養成了用大頭針固定大拇指指腹大小的紙片，用放大鏡近距離觀察，一邊密密麻麻刻畫肉眼看不清的細小線條。唯有專注於那項作業時，我可以和她在一起。

有一天，我察覺一樁怪事。本該悄然無聲的閣樓，竟然變得人聲鼎沸。為何之前我居然沒發現呢？從房門到鋼琴前，似乎大排長龍，而且隊伍還繼續蜿蜒到走廊外面。排在前頭的人，把錢放進鋼琴旁的紙箱（裡面當然是我父親），小心翼翼收下我完成的畫作。我並沒有太驚訝。甚至覺得那種狀態好像打從很久之前就是如此。說到這裡才想起，最近三餐內容也大有改善，當桌子用的舊鋼琴，不知幾時也換成了嶄新的三角鋼琴。父親的箱子，也從瓦楞紙箱，大幅躍進為附帶扣環的紅色真皮製。在我不知情的情況下，似乎已經開始得到社會大眾的認可了。我畫完就賣，就算不停地作畫，買畫的隊伍還是完全沒有減少的跡象。

不過事到如今那已經不重要了。父親似乎用我們賺來的錢，買了一匹真正的馬，但那也與我無關。其實，打從那時起我就再也沒見過離開箱子的父親，因此就連那是否真正的父親都值得懷疑。我的憂鬱，是畫中的她始終一如往昔，但真正的她想必隨著歲月流逝逐漸老去，已經無可挽回。每次想到那個，當時的離別之苦就會鮮明重現腦海，鬆弛的淚腺再次無來由地湧出淚水。父親總是立刻從箱中伸出手，揮舞嶄新的絲質手帕，遞到我的眼睛底下。因為我畫的畢竟是小幅畫作，就算只是一滴眼淚，都會立刻讓畫面暈染就此報廢。

就這樣，如今我的名字已經無人不知無人不曉。身為世界第一張郵票的發明者兼製作者，我還沒見過哪本百科辭典沒有刊登蕭邦這一項。不過，隨著郵政事業發達逐漸轉為國營化，我的名字也變成知名的郵票偽造者。那似乎是每家郵局都沒有掛我的肖像畫的最大理由。不過，唯有父親最後愛用的紅色箱子的顏色，至今似乎仍被作為部分郵筒的顏色流傳下來。

開幕前的五分鐘

——此刻，與你之間，吹著熱風。那是充滿感官慾望、幾乎灼傷人的熱風呼嘯而過。可是，到底是幾時開始吹的風，並不清楚正確的時間。現在的熱氣與風壓，似乎讓我失去時間感。

不過，我知道風向遲早會變。突然就會變成冷颼颼的西風。屆時，這股熱風，想必也會如一場幻夢，從肌膚被抹去，再也想不起來。是的，這股熱氣太強烈了。這股熱風本身之中，就已潛藏那種結局的預感。

若問為什麼，如果真想知道，我當然還是可以做出解釋。但重點在於你是否想聽那番解釋……雖然知道這是獨角戲，但我還是不想讓你感到無聊。怎麼樣……要我繼續說嗎……抑或是……

——好，一下子的話……

——一下子是指五分鐘左右？

——是啊。五分鐘的話，應該好收場吧。

——當然，這應該是戀愛。可是，它和逐漸升高，化為霧塔聳立，凝結完成的所謂戀愛似乎截然不同。說穿了，是始於失戀自覺的戀愛……從結束開始，是悖論式的戀愛。某位詩人說過。愛一個人很美，被愛卻是醜陋的。所以，始於失戀的愛情，完全沒有影子。雖然不知道美不美，總之這種痛楚中，沒有後悔……

——為什麼？

——什麼？

——為什麼非得說已經結束的故事？

——沒有結束。是從失戀開始的。現在不也吹著熱風。

——會熱是因為夏天。

——看樣子你好像並不理解。這當然是故事。現在進行式的故事。既然聽了故事，你也有義務成為其中一個故事人物。此刻已經有人向你示愛。不管是要揮去不快，還是覺得荒謬，總之你必須演好被分派到的角色。

——為什麼？

——重要的，不是結局。真正必要的，是現在肌膚感受到熱風的這個事實。結局根本不是問題。此刻這股熱風本身才重要。沉睡的語言和感覺，就像帶著高壓電散發藍光，正是因為在這樣的熱風中。這是人類能夠親眼目睹靈魂實體的寶貴時刻。

——不簡單。照那個調子去求愛，自己絕對不會受傷。不過，你是不是算計得太露骨了。

——原來如此，或許一半是真的。不過，另一半，如果你完全無法認同，那就停止也可以。

——你想繼續吧？

——那當然。

——還有二分鐘的權利喔。

——你在勉強硬撐。

——別浪費時間比較好吧。

——對，我想珍惜光陰。不過，我並不想找回時光。如果和我心中的你相較，在你心中的我，只有微不足道的地位。可是，如果想逃離那種痛苦，時間會緩慢融化。只要有耐心地運用求愛技巧，或許也不是毫無希望得到一丁點小小的安寧與幸福。所以，我想好好珍惜始於失戀的這股珍貴熱風。美妙的語言森林，以及肉慾之海……只是伸指輕觸你的肌膚，時間便已停止，永恆降臨。在這熱風的痛苦中，我被施加了至死不消的肉體變形術……

這齣戲連開幕的鈴聲都沒聽見就結束了

事到如今，我可以秉持確信明白地說。我沒有錯。或許失敗了，但我沒有錯。失敗一點也不構成後悔的理由。因為我並非生來就為了結束。

玄關門關閉的聲音響起。

她走了。事到如今我不生氣，也不記恨。關門聲蘊藏深深的憐憫與體諒。我們之間，沒有爭鬥也沒有憎恨。想必她自己，如果可以的話也巴不得不走玄關大門就消失吧。所以她才會忌憚發出房門該有的聲音。再過十分鐘，就把門給釘死吧。我並不期待她會回來。只是等待她走得足夠遠，遠得聽不見敲釘子的聲音。

搞定玄關後，就只剩下二樓逃生梯的門閂了。窗戶和通氣孔已經用三合板和瓦楞紙堵起來，就連白天的光線都毫無照入的餘地。更何況現在是陰霾的傍晚。整棟建築完全與外界隔絕，出口和入口都將消失。這樣佈置之後，我就要出發了。這是只有箱男能做到的脫逃。至於用什麼方法，逃往何處，我打算寫在這本筆記的最後。

——十分鐘後

此刻我剛把玄關釘死。手一直抖，左手大拇指的指甲根部刮破了。有點滲血，但疼痛立刻消退。

仔細想想，我從外面回來到她離去之間，到頭來連一句交談都沒有。並非毫無遺憾。只是，這種遺憾，恐怕不可能靠著談話就消除。言語能夠管用的階段早已錯過。光是眼神交錯，就能理解一切。太過完全的東西，只不過是崩壞過程中出現的現象之一。

她的表情有一點緊張。或許只是因為化了淡妝所以看起來才會這樣。總之，表情的變化，只不過是她變化的一小部分，於我無關緊要。真正重要的是她穿著衣服。至於是什麼樣的衣服，此時已不重要。她已經裸體生活快二個月了。我在紙箱裡面也是赤裸的。我倆在家都是裸體。而且除了我倆以外沒有任何人。招牌和門牌都被取下，紅色的門燈也已熄滅，誤闖上門的人也早已絕跡，因此甚至不再需要掛出休診的牌子。

每天我會頂著箱子上街一次。像透明人那樣徘徊街頭，弄來以食物為主的日用雜貨。一間店只要一個月光顧的次數不超過一次，應該不至於遭到責罵。雖然無法錦衣玉食，但也不愁吃穿。如果只有我倆，我有自信能憑著這樣的方式生活好幾年。

每次我從後方的逃生梯上樓，在二樓的走廊脫下紙箱和長筒靴，等候的她，就會從樓下裸體跑上來。這是一天之中最刺激的瞬間。時間雖短，但我必然勃起。晃動著身體，密不可分地緊貼，用力相擁。然而詞彙貧乏得可笑。她的腦袋，正好在我鼻子的位置，當我嘀咕「妳頭髮的香氣」，她就會接一句「圓滾滾」，不停摸我的屁股。不過我不認為這點有什麼問題。言語有效的範圍，只在於能夠識別對方是他人的二點五公尺內。此外，我也不認為是樓梯旁的那個太平間在我倆之間落下陰影。我們已決定完全漠視，一旦漠視，那個房間等於事實上不存在。

過了幾分鐘，我的勃起快要平息時，我倆終於鬆開擁抱，走向走廊盡頭的廚房。雖然不再擁抱，身體還是有一部分始終接觸。比方說她在流理台給馬鈴薯削皮或切蔥花時，我就坐在她腳邊，一直慢慢撫摸她的雙腿。那個廚房的地板，隱約已經發霉。真正的廚房位於樓下，這裡是以前給住院病人用的，幾乎無人使用就此棄置。開始使用這裡，自然是有其原因。因為走廊對面有空房間，用來把廚餘殘渣掃進去很方便。菜渣、魚頭之類基本上會裝進垃圾袋，但是立刻被老鼠咬破，撒得滿地都是。放個半天就開始腐臭，黏答答的臭氣隨著每次開關門飄散到外面。就連那個我們都不在意。一方面好像也是因為和他人的皮膚接觸後，嗅覺似乎會產生變化。也或許是在無意識中感知，那正方便用來遺忘太平間的存在。我們只談過要把房間堆滿垃圾至少需要半年時間這個樂觀的預測。

不過，那樣真的是樂觀嗎？或許我們只是打從開始就放棄了希望。所謂的熱情，是渴望燃燒殆盡的衝動。我們或許只是焦慮地渴望燃燒。我們害怕在燃盡之前就中斷，但是否期盼在現世長久持續還是個疑問。房間堆滿垃圾的半年後實在太遙遠，甚至無法想像。我們整天都不斷讓身體的某部分保持接觸。很少超出半徑二點五公尺的圓圈。以那個距離，幾乎看不見對方，卻也不覺得不便。如果將部分在想像中拼湊起來，就會覺得看得很清楚，而且更重要的是，沒被對方看見的解放感更強烈。我在她面前分解成零碎的部分。她除了批評我的屁股觸感之外，完全沒說過喜歡或討厭之類涉及人格全面的意見。當然我也不在意。語言本身，已經將要失去意義。時間也已停止。三天或三星期都一樣。就算再怎麼長久燃燒，一旦燒盡，便會在瞬間結束。

所以，今天當我發現她不是裸體跑上來，而是服裝整齊地默默仰望我時，我並沒有心慌意亂，只是有點一切又回到原點的失望。不過自己的裸體似乎很難堪。我彷彿被追得走投無路似地回到箱中，之後只能動也不動地等待她離去。她蹙起眉頭，環視四周，假裝壓根沒看到我。看起來似乎只是在尋找惡臭的來源。她緩緩轉身，回她自己的房間去了。我也躡足回到昔日的診療室。如果回到原點，一切重新來過還管用嗎？當然，想必要重來幾次都管用。我豎起耳朵，隔著走廊窺探她的狀況。毫無動靜。她是在等我提出重新開始嗎？可是，就算屢次重來，恐怕也只是在這同樣的場所重複同樣的時間吧。

時鐘的面板片面磨損
磨損最嚴重的
是八的數字
因為一天必然有二次
被粗礪的眼睛凝視
因此風化
對面那頭
是二的數字
夜晚緊閉的眼睛
沒停車就逕自通過
因此磨損的情況也只有一半

如果有人擁有
平均風化的扁平時鐘
那一定是錯過起跑時間
晚了一圈的他

所以世界
總是走快了一圈
他自以為看見的
是尚未開始的世界
虛幻的時間
指針在面板垂直立起
沒聽見開幕的鈴聲
便已劇終

…………

現在是最後的告白。我聽見的，其實是她的房門聲。不可能聽得見玄關大門的聲音。那裡打從一開始就被釘死了。費了最大的功夫，牢牢緊閉。她不可能出得去。逃生梯的門閂也鎖上了，因此她現在應該也還被關在建築物內。她與我之間相隔的，只有那討厭的襯衫與裙子。不過一旦我關掉電源，那些衣服的效用也到此為止了。如果看不見，想必也等同裸體。被穿著衣服的她注視，令我難以忍受。可是如果在黑暗中，無異於對方是盲人。她將再次變得溫柔。也用不著在動腦筋思考挖掉她眼睛這種違心的計畫，得以徹底解放。

取代走出箱子的，是把世界關進箱中。此刻正是世界該閉眼的時候。想必一切都會如我所願。在這棟建築中，手電筒自然不消說，從火柴、蠟燭乃至打火機，會勾勒出影子和形狀的所有東西都被處理掉了。

留出片刻餘裕後，我關掉電源。沒有特別激動，也沒有躡手躡腳，我去了她的房間。當然是脫下了箱子，渾身赤裸。只想像著黑暗深處細微動靜的我，被房間出乎意料的變化嚇壞了。由於和預期的差太多，困惑遠甚於驚訝。本該是房間的空間，變成和某個車站比鄰的商店後方的小巷。隔著小巷，商店對面是不動產公司兼私營的行李寄存處。狹小的巷道勉強可容一人通過，就算對當地不熟，從地形和方位好歹也能立刻猜出，這大概是遲早會被車站建築阻斷的死巷。除非是打算隨地小便，否則不可能會有人走進這種地方。

成捆的橡皮管……汽油桶改造的焚化爐……堆積的紙箱……在舊腳踏車之中，並排放著五盆快要枯萎的盆栽，擋住了通道。她是出於什麼目的闖入這種地方呢？就算目的是為了物色紙箱，又打算從這裡逃往何處呢？

撥開破銅爛鐵繼續往前走，看似盡頭處，有狹小的水泥台階。不算陡峭，高度也只有五層階梯。走下去之後，說來難以置信，竟然是牢固的水泥露台。一看就能立刻推知，這應該是計劃建造天橋卻在施工後臨時變卦，就此遭到棄置。

走下露台一看。突然一陣強風，鐵路的夜間施工聲乘風遠遠飄來。大概是雲層倒映街頭的霓虹燈，只見天空是污濁的紫紅色。再向前一步之後，前方突然出現天空，軌道看起來遠在下方七、八公尺外。感覺就像是被流淚似鳥屎的水泥牆夾在中間，未完工的大樓鋼筋吊在半空的施工用電梯。

我必須去找她。可是，前方已經一步也無法前進。看來這裡到頭來同樣也是封閉空間的一部分。不過話說回來，她到底消失到哪去了？我戰戰兢兢低頭窺視，可是太暗了，什麼都看不見。如果再跨出一步，不知會怎樣。有點好奇。不過應該大同小異吧。反正同樣只是建築物內發生的事。

對了，趁著還沒忘，有一件重要的事情要補充。加工箱子後，最重要的，就是確保有充足的空白可以塗鴉。不，空白永遠都很充足。縱然拚命塗鴉，也不可能填滿空白。我每次都很驚訝，但某種塗鴉就是空白本身。至少，需要自己署名的空白，永遠會替我留著。不過，就連那個，如果你不願相信，不相信也無所謂。

事實上箱子這種東西，外表看起來只不過是單純的直角立方體，可一旦從內部看去，就像是無數智慧之環串連而成的迷宮。越是掙扎，那個迷宮就越產生新的叉路，彷彿箱子從身體生出另一層外皮，令其中的架構更加錯綜複雜。

就像消失的她也是，至少可以確定，她正躲在這迷宮的某處。她沒有逃走，想必只是沒有發現我在哪裡吧。事到如今，我能夠秉持確信明白地說。我一點也不後悔。線索越多，也就表示可以有和那線索同樣數量的真相存在。

救護車的警笛聲漸漸傳來。

⊠ 作者——安部公房　⊠ 譯者——劉子倩　⊠ 設計——鄧彧　⊠ 校對——魏秋綢
⊠ 社長暨總編輯——湯皓全　⊠ 出版——鯨嶼文化有限公司
⊠ 地址——231 新北市新店區民權路 108-3 號 6 樓　⊠ 電話——(02) 22181417
⊠ 傳真——(02) 86672166　⊠ 電子信箱——balaena.islet@bookrep.com.tw
⊠ 發行——遠足文化事業股份有限公司【讀書共和國出版集團】
⊠ 地址——231 新北市新店區民權路 108-2 號 9 樓　⊠ 電話——(02) 22181417
⊠ 傳真——(02) 86671065　⊠ 電子信箱——service@bookrep.com.tw
⊠ 客服專線——0800-221-029　⊠ 法律顧問——華洋法律事務所 蘇文生律師
⊠ 印刷——勁達印刷有限公司　⊠ 初版——2023 年 8 月　⊠ 定價——400 元

plot 001

箱男　安部公房

ISBN 978-626-7243-30-5　EISBN 978-626-7243-26-8 (PDF)　EISBN 978-626-7243-27-5 (EPUB)

HAKO OTOKO
Copyright © 1973 by Kobo Abe
Chinese translation rights in complex characters
arranged with the Estate of Kobo Abe through Japan UNI Agency, Inc.
and AMANN CO., LTD.

國家圖書館出版品預行編目（CIP）資料
箱男／安部公房作；劉子倩譯 .——初版——新北市：
鯨嶼文化有限公司：遠足文化事業股份有限公司發行，2023.08
面；公分——（Plot；1）
譯自：箱男
ISBN——978-626-7243-30-5（平裝）
863.57　112009360

版權所有 · 翻印必究
ALL RIGHTS RESERVED
Printed in Taiwan

特別聲明：有關本書中的言論內容，不代表本公司／出版集團之立場與意見，文責由作者自行負擔

THE BOX MAN by KOBO ABE